吉田雄亮

北町奉行所前腰掛け茶屋
迷い恋

実業之日本社

実業之日本社文庫

北町奉行所前腰掛け茶屋　迷い恋／目次

第一章　赤子の泣き声

一

北町奉行所から出てきた下番が、腰掛茶屋へ向かって歩を運ぶ。

見世《みせ》の前で立ち止まり、呼ばわった。

「浅草東仲町文助店《あさくさひがしなかちょうぶんすけだな》の大家ならびに住人平吉《へいきち》と六平《ろくへい》一行、拾得金分配の一件、入りましょう」

見世のなかから、

「おい」

とこたえる声が上がった。

飯台を囲んでいた客たちが立ち上がり、それぞれの飯台を仕切っている板の衝立《ついたて》の間から出て行く。

下番に先導されて、見世から出てきた文助長屋の一行が北町奉行所へ向かって歩き去った。

北町奉行所前の腰掛茶屋で、日々繰《く》り広げられている光景だった。

腰掛茶屋は、奉行所内の公事《くじ》控所が手狭なために、北町奉行所に呼び出された者たちの待合場所として利用されている。

同じ役割の腰掛茶屋は、南町奉行所の前にもあった。


腰掛茶屋の主人弥兵衛《やへえ》は、板場にいた。

台盤の前に立ち、茶さじを口に含んだまま首を傾げている。

小柄で痩身《そうしん》、五十代後半の弥兵衛は白髪交じりの長い顔、こぢんまりした目鼻立ち、どこにでもいそうな顔つきの、風采のあがらぬ好々爺《こうこうや》だった。

町人髷《まげ》に結《ゆ》っていて、茶屋の主人としか見えない弥兵衛だが、二年前に職を辞するまで、北町奉行所の例繰方《れいくりかた》の与力であった。

例繰方は、お仕置きにかかわる刑法例規取調、書籍編集をつかさどる役向きである。

北町奉行所内において、

〈与力同心にとって、御法度《ごはっと》を習う教場の如し〉

と評される、厳格極まる部署であった。

弥兵衛は見習い与力として出仕したときから退任するまで、北町奉行所の例繰方与力として勤め上げた。

その間、北町奉行所が扱った事件のすべてを、調書をもとに書き記し、編纂《へんさん》してきた。

控えてきた事件のあらかたは記憶している。そのことだけは、弥兵衛の自慢とするところであった。

が、一刀流皆伝の腕前で、多くの捕物事例を知り尽くしているにもかかわらず、弥兵衛は市中取締諸色掛りなど探索方の役務に就《つ》くことはなかった。

あまりにも偏屈、頑固な気質ゆえ、同輩たちから疎《うと》まれた父のあおりを食ったためだった。

殺伐とした御仕置きについて書き記す日々を送ってきた弥兵衛は、料理と甘味をつくることを、唯一の楽しみとした。

妻の静《しず》が、産後の肥立ちが悪く急死したため、弥兵衛は必要にかられて料理をつくり始めた。やっているうちにおもしろくなり、次第に深みにはまって、いつしか甘味づくりにも手を染めていた。

五十半ばを過ぎた弥兵衛は、家督を嫡男紀一郎《きいちろう》に譲った。

料理や甘味づくりは、いまや弥兵衛の生きがいにもなっていた。北町奉行所の前にある腰掛茶屋の主人茂七《もしち》が、老齢のため見世を売るという話を耳にした弥兵衛は、躊躇《ちゅうちょ》することなく買い取った。

腰掛茶屋の主人になった弥兵衛は、見世で出す甘味に工夫をこらし、客に毎月異なる品を供しようと考えた。

そのために弥兵衛は、各地の名物やむかし評判になった甘味を調べつづけている。いま弥兵衛は、新たな甘味をつくりだすべく工夫を重ねていた。

二

汁飴《しるあめ》、地黄煎《じおうせん》とも呼ばれる水飴をつくったのは、初代天皇、神武《じんむ》天皇である。

日本で初めてつくられた歴史書『日本書紀』、「神武記」にこう記されている。

「われ今まさに八十平瓮《やそひらか》をもちて、水無しに飴を作ろうと思う。飴ができたならば、われは武力を用いずに天下をおさめることができるだろう」

八十平瓮とは、たくさんの平らな皿という意味である。

大昔は甘い物が貴重だった。

それゆえ神武天皇は、飴をつくり、その飴を平らな皿に盛って皆に振る舞えば、満ち足りて幸せな気持になってくれ、争う気もなくなるだろう。武力を使わなくとも天下をおさめることができる、と考えたのだ。

神武天皇の時代には、大麦のもやしや米のもやしを酵素のもととして使っていた。麦のもやし、とは麦の芽、すなわち麦芽《ばくが》、米のもやしとは米の芽のことである。米に含まれるでんぷんに、酵素として麦芽、あるいは米の芽をくわえれば、甘い糖の溶液ができる。この溶液をしぼって煮詰めると、水飴になる。

水飴は奈良時代や平安時代には、薬として用いられていた。

弥兵衛は、水飴が薬用として使われていた点に目をつけた。

腰掛茶屋で出す甘味に、水飴をもとにした品を加えれば、客の滋養、息災のためにも役立つのではないか、と思い立ったのだった。

しばし首を傾げていた弥兵衛は、うむ、と唸《うな》って台盤に置いてある二枚の紙のうちの一枚を、手にとった。

それぞれの紙には、水飴をつくる手立てが書いてある。記されたつくり方のなかみが、微妙に違っていた。

その違いが、弥兵衛を悩ませている。

手にしている『古今名物　御前菓子秘伝抄』から書き写した水飴のつくり方は、

〈糯《もち》の上白米一升を飯に炊いて桶に入れ、搗《つ》き砕いて目の細かい篩《ふるい》を通した麦のもやし五勺《しゃく》を入れてかきまぜ、水をひたひたに入れる。こうして蓋《ふた》をし、冬ならば五刻（十時間）ほどおくと、水が澄んでくる。そうなったら攪拌して、その水を布袋でこしとり、鍋に移してさっと煮立て、また布袋でこし、鍋にもどして火にかけ、練りつめる〉

と記されている。

台盤の上には、『餅菓子即席手製集』に記された水飴のつくり方を書き写した紙が置いてあった。

その紙を残る一方の手にとって、目を通す。

〈一　赤米とも呼ばれるとうぼし糯米《もちごめ》一斗、これをこわめしに蒸す。
一　麦のもやし　粉にして三斗
　この粉をこわめしにまぜ、うえにもふりかけ、夏は三刻（六時間）ほどねかせてから布袋に入れ、しぼり出し、かすを捨て、せんじる〉

と記してあった。

通例、水飴をつくるときの、糯米と麦芽の配合比は三対一とされている。にもかかわらず『餅菓子即席手製集』に記されたつくり方では、糯米と麦芽の比率が逆転している。

なぜそうなっているのか、その理由が弥兵衛にはわからなかった。

「面倒くさがらずに二通りつくって、どっちの味が、わしの納得する味に近いか、試してみるしかなさそうだな」

思わず口に出した弥兵衛が、両手に持っていた紙を台盤に置いたとき、けたたましい泣き声が上がった。

声のした方を振り返り、耳をすます。

赤ん坊の泣き声に違いなかった。

泣き声は、さらに勢いを増して高まった。

その声が気になったのか、困惑した様子でお松《まつ》とお加代《かよ》が板場に入ってきた。

「近くで赤ん坊の泣き声が聞こえます」

「いまにも死にそうな、喉が張り裂けそうな泣き方。どうしたんでしょう」

ほとんど同時に、お松とお加代が声をかけてきた。

「わしが見てくる」

そう告げて、弥兵衛は足を踏み出した。

三

見世から出てきて、弥兵衛はいったん足を止めた。

耳を傾ける。

泣き声は、茶屋の裏手、左のほうから聞こえてくる。

(赤子は、おそらく捨てられたのだろう。外壁近くの、地面に置かれているはず)

そう判じた弥兵衛は、目を凝《こ》らしながら、泣き声のするほうへ歩いていった。

茶屋の端を、内濠《うちぼり》へ向かって左へ折れる。

瞬間……。

茶屋の裏、建屋の切れたところの手前に赤ん坊が寝かされていた。

手足をばたつかせて、大泣きしている。

弥兵衛は、おそるおそる忍び足で歩み寄った。

（駆け寄ったら、驚いてもっと派手に泣きつづけるに違いない。紀一郎もそうだったが、そうなったら、上手にあやしてもなかなか泣きやまない。厄介《やっかい》なことになる）

胸中でつぶやきながら、弥兵衛は歩を移す。

そばに寄って、片膝をつき、赤子をのぞき込んだ。

目を見張る。

驚いたことに赤子は、一目見ただけでも値の張りそうな品だとわかる、ねんねこ半纏《はんてん》と衣を身につけていた。

傍《かたわ》らに風呂敷包みが置いてある。

（風呂敷包みのなかみは、たぶん赤子の着替えだろう。あらためるより、赤子を泣きやませるほうが先だ。泣きやむかどうかわからぬが、とりあえず抱いてみよう）

意を決した弥兵衛は、おずおずと赤ん坊に手をのばした。

そっと抱き上げる。

赤子は、相変わらず手足をばたつかせ、泣きつづけている。

いつのまにか弥兵衛は、赤子の動きに自分の動きを合わせていた。

無意識のうちに、やっている。

ひさしぶりに味わう感覚だった。

弥兵衛は、紀一郎が赤子だった頃のことを思い出していた。

（夜泣きする紀一郎を抱いて、あやしながら何度も庭を歩き回ったものだ。歩いてみるか）

抱いた赤子を軽く揺すりながら、弥兵衛は足を踏み出した。

茶屋の横手と濠に沿って、弥兵衛は円を描くように、赤子をあやしながらゆっくりと歩いていく。

二周し、三周目にさしかかったとき、赤子が泣きやんだ。

赤子の顔をのぞき込んで、弥兵衛が笑いかける。

赤子も、笑みを浮かべた。

おもわず弥兵衛は、満面を笑み崩していた。

泣きやんだことで、弥兵衛のなかに安堵《あんど》の気持と余裕めいたものが芽生えていた。

「高い、高い」

おもわず両手をのばして、赤子を高々と掲《かか》げていた。

刹那《せつな》……。

ねんねこ半纏の襟《えり》がずれ、押し込まれていたのか、四つ折りにした紙が襟元からはみ出してきた。

ゆっくりと腕をおろした弥兵衛は、赤子を左手一本で抱き抱え、右手で書付を抜き取った。

指を器用に動かして、紙を開く。

紙には、文字が記されていた。

自分の躰《からだ》を揺らして赤子をあやしながら、目を通す。

〈この子の名は朝吉《あさきち》と申します。昨日で、生まれて半年になりました。お腹を痛めた我が子を、捨てざるを得なかった母を哀れと思し召して、育ててくださいませ。母の乳の代わりに、米や籾《もみ》などの穀物を粉にし、水を加えて煮溶かした汁の上澄みをすくって、匙《さじ》で飲ませてくださいませ。お情けに縋《すが》るしか、手立てのない母でございます。くれぐれもよろしくお願い申し上げます〉

そう記してあった。

字くばりや形からみて、流麗な筆づかいだった。

（幼い頃から修練を重ねた者にしか書けない筆致。この文《ふみ》を書いた者は、おそらく武家育ちであろう）

弥兵衛はそう見立てた。

朝吉に目を移す。

神妙な顔をしていた朝吉が、弥兵衛と目があった途端、邪気のない笑みを浮かべた。

その瞬間、弥兵衛のこころは決まった。

（茶屋のそばに捨てられていたのも、何かの縁。この子を、朝吉を育ててやろう）

胸中でつぶやき、話しかけた。

「本日ただいまから、わしは朝吉の親代わりだ。よろしく頼むぞ」

笑いかける。

目を大きく見開いて弥兵衛を見つめ、朝吉が屈託のない笑みでこたえた。

四

笑みをたたえて、朝吉をのぞき込んでいる弥兵衛に後ろから声がかかった。

「子守ですかい」

聞き覚えのある声だった。

振り返ると、半次《はんじ》が立っていた。

(なんたる不覚。朝吉に気をとられて、近づいてくる足音に気づかなかった。半次でよかった)

抱いた苦い思いをさとられないように、できるだけいつもと同じ口調で弥兵衛が応じた。

「今日は早かったな」

「やることがなかったんで」

こたえながら近寄った半次が、朝吉をのぞき込んだ。

「この赤ちゃん、どこの子で」

「知らぬ」

弥兵衛のことばに呆気《あっけ》にとられて、半次が訊《き》いてきた。

「知らないなんて、そんな馬鹿な」

言いかけて、はっ、と気づいたのか、半次が問いを重ねた。

「まさか」

躰を揺すって朝吉をあやしながら、弥兵衛がこたえた。

「捨て子だ」

「捨て子ですって」

驚いて、半次が朝吉をのぞき込んだ。

「ねんねこ半纏の襟にはさんであった書付に、名が書いてあった。朝吉という名だ」

顔を上げた半次が、弥兵衛に目を向けて声を高めた。

「他人事《ひとごと》とはおもえねえ。あっしにできることは、何でもやりますぜ」

真剣な顔つきで弥兵衛を見つめ、再び朝吉をのぞきこんだ。

無理もなかった。

半次も捨て子だった。

今年で二十半ばになる半次は、もともと八代洲《やよす》河岸にある定火消《じょうびけし》屋敷の門前に捨てられていた赤子であった。

半次は定火消人足頭の五郎蔵《ごろぞう》に拾われて、実の子同然に育てられた。いまは臥煙《がえん》とも呼ばれる定火消の兄貴格で、火事場では、しばしば纏持《まといもち》をつとめている。

眉《まゆ》の濃い、目鼻立ちのはっきりした、引き締まった体軀《たいく》の好男子で、機敏で動きも小気味よい。度胸が売り物の喧嘩《けんか》剣法で、用心棒稼業の無頼《ぶらい》浪人たちにも引けを取らない腕前であった。

顔を寄せた半次が、食い入るように朝吉を見つめている。

そんな半次から朝吉に視線を移した弥兵衛は、知らず知らずのうちに微笑《ほほえ》んでいた。

五

朝吉が、小さな舌で唇を舐《な》め、しきりに口を動かした。

「腹がすいてるのかな」

心配そうに半次がつぶやいた。

そのことばが弥兵衛に、急いでやらなければいけないことをおもい出させた。

「朝吉に与える母の乳がわりの飲み物がない。すぐつくらなきゃ」

「そりゃ大変だ。空きっ腹のまま、ほうっておくわけにはいかない。可哀想だ」

目を白黒させて、半次が声を高めた。

「大きな声を出すな。泣き出すぞ」

睨《にら》みつけた弥兵衛に、半次が、

「いけねえ」

小声で言い、肩をすくめた。

「とりあえず子守をしてくれ。見世のなかに入ってきてはならぬ。客の邪魔になるからな」

抱いていた朝吉を、半次に向かって差し出した。

「あっしが、あやすんですか。どうやって抱けばいいんです」

「優しく、包み込むように抱いてやるんだ。わかるな」

「わかるな、と言われてても。どうしたらいいのか」

困り果てた半次に、

「渡すぞ」

突き放すように、弥兵衛が言った。

「わかりやした。これでどうですか」

おずおずと半次が両腕を突き出す。

「肘《ひじ》を軽く曲げるのだ。伸ばしっぱなしじゃ抱けないだろう」

厳しい口調で弥兵衛が告げた。

「こうですか」

不安そうに、半次が軽く肘を曲げる。

「渡すぞ」

半次の両腕に重ねるように、朝吉を抱いたまま弥兵衛が自分の両腕を差し出した。

朝吉が、半次の腕に抱きかかえられたのをたしかめ、念を押すように弥兵衛が訊いた。

「しっかり抱いたか」

「抱きやした」

緊張した面持ちで、小さく半次がこたえる。

「朝吉を支えている手を抜くぞ。しっかり、抱いているのだ。落とさないようにしろ」

「落としません」

唇を真一文字に結んで、半次が応じた。

軽く膝を曲げて中腰になった弥兵衛が、少しずつ腕を動かして、重ねていた半次の腕から自分の腕をずらし、半歩後退《あとじさ》ってゆっくりと引き抜いた。

わずかに、朝吉が声を上げた。

ぎくり、としたように半次が躰をすくめる。

あわててのぞき込んだ弥兵衛と目が合って、朝吉が微笑む。

笑みを返した弥兵衛が、半次に話しかけた。

「見世の前で、円を描くようにのんびり歩き回ってくれ。派手に泣いた後だ。眠ってくれるかもしれない。そうなったら、万々歳だ」

「やってみます」

心細げな顔つきで、半次がこたえた。

「大急ぎで、母の乳の代わりの汁をつくる。後でな」

風呂敷包みを下げた弥兵衛が、見世へ向かって歩き出した。


見世の前で、朝吉を抱いた半次が、円を描きながら歩みをすすめている。

時折立ち止まっては、朝吉をのぞき込み微笑みかけた。

そんな半次を、丸盆を手にして足を止めたお加代とお松が、見世のなかから心配そうに見つめている。

「大丈夫かな、半次さん」

ため息をついたお加代に、

「あたしとお加代ちゃんは、お客さんの相手をしなきゃならない。何もできないよ。半次さんに、何とか頑張ってもらわないといけないね」

自分に言い聞かせているような、お松の物言いだった。

「抱き方がぎこちない。半次さん、赤ん坊を落とさなきゃいいけど」

身を乗り出すようにして、お加代が声を上げた。

不安そうに眉をひそめたお松が、半次と朝吉をじっと見つめている。

六

弥兵衛の妻静は、紀一郎を産んだ後、産後の肥立ちが悪く急逝《きゅうせい》した。乳飲み子を抱えて苦労している弥兵衛を見かねて、隣の屋敷の主中山左衛門《なかやまさえもん》が懇意にしている口入れ屋に、下女の手配を頼んでくれた。

お松は、その口入れ屋が仲立ちした若い後家だった。

丸顔でどんぐり眼《まなこ》、小肥りのお松は、よく気がつく女だった。紀一郎の子守に掃除、炊事など家事一切を取り仕切り、陰日向なく働いた。

大工だったお松の亭主は、弥兵衛の屋敷に奉公する半年前に、酒の上の喧嘩で土地のやくざに匕首《あいくち》で刺し殺されていた。

歳月が流れ、弥兵衛の隠居が間近に迫るまで、お松はこまねずみのように務めてくれた。

弥兵衛は、そんなお松の行く末を案じていた。

茶屋を買い取ったのは、年老いたお松の暮らしを守るためでもあった。

口には出さぬが、弥兵衛の気持を察したのか、お松はいままで以上に身を粉《こ》にして働いてくれている。

好きなときに弥兵衛が探索に乗り出すことができるのは、お松が茶屋をしっかり切り盛りしてくれているおかげだった。

お加代は、茶屋をやっていく上での相方ともいうべきお松の遠縁にあたる、千住《せんじゅ》宿の鍼《はり》医者の娘だった。

愛嬌《あいきょう》たっぷりで野に咲く花のように可憐《かれん》な、黒目がちの大きな目にほんのりとした色気のある美形のお加代は、見世を始めてすぐに茶屋の看板娘になった。お加代目当てに通ってくる若い衆も大勢いる。

弥兵衛は、そんな若い衆たちを、北町奉行所に呼び出された客たちと一緒に見世のなかに入れたら、何かと不都合なことが生じかねない、と考え、外にならべた緋《ひ》毛氈《もうせん》を敷いた縁台に座らせた。

半次は、常連の若い衆のひとりで、捕物好きがこうじて、いまでは弥兵衛が乗り出す事件の探索を手伝っている。


板場では弥兵衛が、朝吉のねんねこ半纏の襟にはさんであった紙を見ながら、女の乳の代わりになる汁をつくっていた。

七輪にかけられた鍋には、米や籾を粉にして煮溶かした汁が満たされている。

汁の上澄みを匙ですくい一口飲んで、弥兵衛が顔をしかめた。

「まずい。いくら赤ん坊でも、こんな、ほとんど味のないものを飲んで、満足なのかな」

首をかしげたとき、けたたましい朝吉の泣き声が響き渡った。

「いかん。あの泣き声は、腹をすかせたときの泣き方だ。紀一郎もそうだった」

あわてて汁椀を手にとり、汁の上澄みを匙ですくった。

汁椀に注ぐ。


朝吉を抱いた半次が、縁台に座っては、すぐに立ち上がり、おろおろとぐるりを歩き回っている。

汁椀を手にして、小走りにやってくる弥兵衛に気づいて、半次が声をかけた。

「どうにもならねえ。たすけてくだせえ」

「お腹がすいてるんだ。縁台に座れ。つくってきた母の乳代わりの汁を飲ませる」

「できたんですね。乳代わりの汁が。よかった」

切羽詰まった顔つきの半次が、あわてて縁台に腰をかけた。

隣に座った弥兵衛が、汁椀に満たした上澄みを匙ですくって、朝吉の口に近づける。

匙を唇にあてると、朝吉が泣きやんだ。

上澄みの汁を、弥兵衛が少しずつ流し込む。

柔らかく抱え込むようにして朝吉を抱いていた半次が、目を見張った。

「ごくごく、と音を立てて飲んでいる。よほど腹をすかせていたんだな、こいつ」

さっきまでの焦《あせ》って引きつった顔とは打って変わって、半次が笑みをたたえて話しかけている。

逆に焦っているのは、弥兵衛だった。

「もうなくなった。上澄み汁をすくわなきゃ。忙しい、ほんとにせわしない」

汁椀を朝吉に近づけ、上澄み汁をすくった匙を朝吉の唇にあて、流し込む。

朝吉が、汁を飲んでいる。

なくなったのか、再び弥兵衛が汁椀に匙を入れ、汁をすくう。

弥兵衛が、汁を満たした匙を朝吉の口へ運んだ。

七

汁椀からすくった上澄みを朝吉に飲ませている弥兵衛と、抱いてのぞきこんでいる半次に声がかかった。

「その赤ん坊、どうしたんです」

声だけでわかったらしく、朝吉に目を向けたまま半次がこたえた。

「啓太郎《けいたろう》か。大変なんだよ。早く手伝え」

困惑して、啓太郎が訊いた。

「手伝う？　何をやればいいんだ」

匙で汁をすくっていた弥兵衛が、顔を上げて告げた。

「茶屋の板場の七輪に、米を煮詰めた重湯《おもゆ》を満たした鍋がかかっている。その上澄みをすくってお椀に入れ、持ってきてくれ。母の乳代わりの汁だ。お松かお加代に訊けば、どの鍋に重湯が入っているかわかる。わしが手にした汁椀に入っている汁では足りないようだ」

「わかりました」

応じて、啓太郎が足を踏み出した。

急ぎ足で茶屋に入っていく。

遊び人で二十代半ばの啓太郎は、細身で長身、眉目秀麗《びもくしゅうれい》で切れ長の目に特徴のある、歌舞伎《かぶき》の女形《おやま》がつとまりそうな優男《やさおとこ》だった。

が、外見に似ず、無外《むがい》流皆伝の強者《つわもの》で、本町《ほんちょう》の大店、呉服問屋糸倉《いとくら》屋の当主栄蔵《えいぞう》の隠し子でもある。しかし、そのことは弥兵衛やお松、お加代に半次など限られた者しか知らない。

重湯の上澄みを満たした汁椀を手にして、啓太郎がもどってきた。

「お加代ちゃんに手伝ってもらいました。お加代ちゃんも赤ん坊のこと、心配してました」

少なくなった汁椀を脇に置いた弥兵衛が、啓太郎の手にした汁椀を受け取った。

その汁椀から匙ですくった汁を、朝吉の口に運びながら言った。

「この赤ん坊の名は朝吉、捨て子だ」

「捨て子ですって」

ちらり、と啓太郎が半次に目を走らせた。

じっと朝吉を見つめたまま、半次が応じた。

「茶屋の裏の近く、外壁沿いに捨てられていたそうだ。面倒みるしかない」

朝吉をのぞき込んで、啓太郎が訊いた。

「面倒みるといっても、定火消屋敷じゃ無理だろう。どうするんだ」

「それは」

窮した半次に代わって、弥兵衛がこたえた。

「屋敷の離れで、わしが面倒をみる。もっとも、見世の仕事があるので、二六時中は世話できない。昼間だけでも、半次か啓太郎のどちらでもいい。子守をしてくれないか」

「あっしが、子守します。今夜にでも五郎蔵親方の許しをもらいます」

「やります。やることもないし、朝からきますよ」

ほとんど同時に、ふたりが声を上げた。

笑みを浮かべて、弥兵衛が言った。

「ありがたい。頼りにしているぞ」

汁椀を傍らに置いた弥兵衛が、懐《ふところ》から銭入れをとりだした。

「いつも朝吉を抱いているわけにはいかぬ。朝吉をおんぶする一本帯を二本、おむつを十枚ほど買ってきてくれ。朝吉のそばに置いてあった風呂敷包みに入っていたおむつの数では足りないとおもうのでな」

銭入れから、一朱とりだした。

「一本帯二本に、おむつ十枚ですね」

念を押した啓太郎が、一朱に手を伸ばしたとき、半次が声を上げた。

「あっしが行きやす」

言うなり、立ち上がった。

驚いたのか、朝吉がぐずる。

あわてて、弥兵衛が声をかけた。

「泣きだすぞ。あやせ」

「いけねえ」

焦った半次が、躰を揺らしながらあやした。

「大丈夫そうだ。啓太郎、朝吉を受け取れ」

啓太郎に向かって朝吉を差し出す。

口を尖《とが》らせた啓太郎が、腕をひっこめたままこたえた。

「待ってくれ。おれが買いにいくのが、一番いいだろう。朝吉も、半次に抱かれていたほうがいいんじゃないか」

「おれは飽きるほど子守をやった。後々のために、親爺《おやじ》さんに子守のやり方を教えてもらえ」

啓太郎の躰に朝吉を押しつけ、つづけた。

「頼むぞ。手を離すからな」

「おい、待てよ」

あわてて手を出した啓太郎が、朝吉を受けとめる。

「いきなり力を抜いて、危ないじゃないか」

不満げに半次を睨みつけながらも、啓太郎はしっかり朝吉を抱き抱えている。

驚いたのか、朝吉が目をぱちくりさせた。

わきから弥兵衛が、啓太郎に話しかける。

「初めてにしては、なかなかいい抱き方だ。どこかで赤子を抱いたことがあるのか」

訊いた弥兵衛に、こわばった顔つきで啓太郎が応じた。

「赤ん坊を抱いたのは、ほんとに初めてで。おっ母さんに教えてもらわなきゃ。おう、よしよし」

顔を朝吉に寄せて、啓太郎が声をかける。

見ていた半次が、にやり、とした。

「その調子だ。頼んだぜ」

振り向いて弥兵衛に言った。

「親爺さん、一っ走り行ってきます」

弥兵衛がつまんでいた一朱を、ひったくるようにして手に取った半次が、背中を向けた。

急ぎ足で遠ざかる。

「笑った。よしよし、いまから啓太郎おじさんが面倒みてやるからな。いい子だ、朝吉」

邪気のない笑みを浮かべて顔をのぞき込み、あやしている啓太郎に、弥兵衛が優しく微笑みかけている。

第二章　水飴はいかが

一

八丁堀《はっちょうぼり》の屋敷に帰った弥兵衛は、半次が買ってきた一本帯で朝吉をおぶい、離れの勝手で女の乳の代わりになる汁をつくりつづけていた。

そろそろ深更四つ（午後十時）になる。

腰掛茶屋からもどってきたお松とお加代は、とっくに自分の部屋へ引き上げていた。そろそろ眠りについているだろう。

寝付きの悪いたちなのか、朝吉はまだ起きていて、もぞもぞと手足を動かしている。

台盤の上に椀五個と鍋が三つ、その傍《かたわ》らに竹筒五本と多数の匙《さじ》を入れた木箱が置いてあった。

鍋のひとつには重湯、ふたつの鍋にはつくり方が微妙に違う、二種類の水飴が入れてある。

椀五個のうちの二個には、重湯の上澄み汁につくり方の違う水飴を加えたもの、別の一個には、二種の水飴を混ぜ合わせたものを上澄みに加えた汁が入っていた。残る二個の椀は空だった。

（水飴は、もともと薬として使われていた。重湯の上澄み汁に水飴を加えても、毒にはなるまい。ほどよく加えれば甘い水飴の入った汁は、赤子でもおいしいとおもうはずだ）

弥兵衛は、そう考えている。

三個の椀に満たした汁を匙ですくって飲みくらべ、弥兵衛は首を傾げた。

赤子だった紀一郎を育てていたころのことを、思い出している。

与力といっても例繰方は内役である。外役の見廻り役と違って、大名家や大店《おおだな》からの付け届けはひとつもなかった。

暮らし向きは、決して豊かではなかった。そのため、住み込みの中間《ちゅうげん》を雇う余裕はなかった。が、妻の静が急逝した後は、役目柄、北町奉行所へ出仕する弥兵衛に代わって紀一郎の世話をする渡り中間を雇わざるを得なくなった。

雇い入れたのは、老年にさしかかった渡り中間だった。稼業柄その中間は、顔が広かった。紀一郎の乳は、渡り中間が伝手《つて》をたどって、集めてきたもらい乳だった。

その中間が、躰《からだ》を悪くして辞めることになった。

渡り中間と入れ替わりにやってきたお松もまた。裏長屋の住人たちの伝手をたどって、紀一郎の飲むもらい乳を手に入れるために走り回ってくれた。

（あのときに、もらい乳を飲んでおくべきだった。女の乳がどんな味か、わかっただろうに）

いまとなっては、どうにもならないことだが、なぜか口惜《くや》しい気がしている弥兵衛だった。

つくり方の違う二種類の水飴を加えた上澄み汁を、匙ですくって飲んだ弥兵衛が、再び首をひねってつぶやいた。

「これも少し甘すぎるか。加える水飴の量を減らしてみよう」

空の椀を手にとった弥兵衛が、重湯を入れた鍋から上澄みを匙ですくって椀に入れた。

水飴を別の匙で少しすくって、上澄みを入れた椀に注ぐ。

新しい匙でかき混ぜた。

その匙で混ぜた汁をすくい、口へ運ぶ。

(味がうすい。物心ついてから女の乳を飲んだことがないから、どんな味かわからぬ。女の乳に近い味の汁をつくろうとしても、端《はな》から無理な話かもしれぬ)

胸中でぼやきながら、再び別の匙ですくった重湯の上澄み汁を、新しい椀に注ぎ込む。

「水飴の量を、ほんの少し増やしてみよう」

つぶやいて、椀の傍らに置いてある木箱から、まだ使っていない匙を抜き出した。

二

おぶっている朝吉がぐずりだした。

(お松たちは朝が早い。泣き声で起こしてはかわいそうだ)

水飴や重湯の入った鍋に蓋をした弥兵衛は、つくっていた女の乳代わりの汁を入れてある椀に布巾《ふきん》をかけた。

板敷の上がり端に置いてあったねんねこ半纏《はんてん》を手にとり、朝吉の背中にかぶせて羽織った。

弥兵衛は、できるだけ音を立てないようにして、勝手の戸を開けた。

外へ出る。

まさに間一髪だった。

戸を閉めて数歩も行かないうちに、朝吉が泣き始めた。

「よしよし、いい子だ。泣くな」

躰を軽く左右に揺らしながら、弥兵衛があやす。

泣きやむ気配はなかった。

(母屋《おもや》や離れから、できるだけ遠ざかろう。赤子の泣き声は大きい。みんなの眠りの妨げになる)

胸中でつぶやきながら、弥兵衛は歩きつづけた。

居間で、紀一郎は文机《ふづくえ》に向かって調べ書に目を通していた。

時折、筆をとり巻紙に何やら書きつけている。

いま扱っている一件の、落着につながりそうな手がかりを見つけ出すために、とくに気になる事柄を調べ書から書き抜いているのだった。

赤子の泣き声が聞こえたような気がして、紀一郎が筆硯《ひっけん》をおさめてある木箱に筆を置いたとき、襖《ふすま》越しに千春《ちはる》の声がかかった。

「庭で赤子が泣いているような気がします。どうしましょう」

「おれも、聞いた」

こたえた紀一郎に応じるように、千春が襖を開けて入ってきた。

向かい合って座る。

「まさか与力の屋敷に入り込んで子守をしているとも思えませんが、念のためにあらためてきたほうがよいのでは」

巻紙を文机に置いた紀一郎が、

「見てくる」

と立ち上がった。

「わたしも一緒に」

千春も腰を浮かせる。

刀架に歩み寄った紀一郎が、脇差を手に取った。

脇差を腰に帯びた後、刀架にかかったままの大刀に手を伸ばした。

三

庭に出てきた紀一郎と千春は、驚きの目を見張った。

思わず顔を見合わせる。

ふたりとも、首を傾げた。

もどしたふたりの視線の先に、おぶった赤子をあやしながら、門の近くを歩き回る弥兵衛の姿があった。

千春が話しかける。

「赤子は、屋敷の庭で泣いていたんですね」

目を弥兵衛に向けたまま、紀一郎がこたえた。

「父上が子守をしている。誰の子だろう」

釈然としない様子の紀一郎に、千春が問いかけた。

「訊いてきましょうか、赤子のことを」

「おれが訊いてくる。深いわけがあるのかもしれぬ。訊かれた父上も、おれのほうが話しやすいだろう。千春は父上に気づかれぬように、式台の柱の陰にでも隠れていてくれ」

「わかりました」

応じた千春に、無言で紀一郎がうなずいた。

踵《きびす》を返した千春が、式台へ向かって歩を運ぶ。

柱の陰に千春が身を置いたのを見届け、紀一郎が足を踏み出した。

歩み寄ってきた紀一郎に気づいて、弥兵衛が振り返った。

唇に指をあて、話しかけるな、と言わんばかりに目配せする。

察したのか、紀一郎が動きを止めた。

紀一郎を見つめたまま、弥兵衛が自分の唇を指さす。

唇の動きを読め、という意味だと推断して、紀一郎が無言でうなずいた。

ゆっくりと弥兵衛が唇を動かす。

〈もうすぐ泣きやむ。泣き疲れて眠るはず〉

唇は、そう告げていた

再び紀一郎が、黙然と顎《あご》を引く。

微笑みを向けた弥兵衛が、躰を軽く揺すって朝吉をあやしながら歩き始めた。

近くに立った紀一郎が、朝吉をおぶった弥兵衛をじっと見つめている。

式台の柱の陰から、眉間に縦皺《たてじわ》を寄せた千春が、居ても立ってもいられない様子で弥兵衛と紀一郎に目を注いでいる。

四

動きを止め、安堵したように微笑んだ弥兵衛が、紀一郎に小声で話しかけた。

「寝た。小さな声なら話しても大丈夫だ」

笑みを浮かべた紀一郎が、そばにきて朝吉をのぞき込む。

朝吉は、弥兵衛の背中に顔を埋めるようにして眠っている。

「この赤子、どこの子ですか。ねんねこ半纏も身につけているものも、値の張るものに見えますが」

訊いてきた紀一郎に弥兵衛がこたえた。

「捨て子だ。茶屋のそばに置かれていた。身につけているものからみて、どこぞの分限者《ぶげんしゃ》の子供だろう」

「分限者の家に生まれた子が、なぜ捨てられたのでしょうか。それも、わざわざ茶屋のそばに」

　首をひねって、弥兵衛が応じた。

「わからぬ。わかっているのは赤子の名が朝吉ということだけだ」

　探るような眼差しで弥兵衛を見つめ、訝《いぶか》しげに紀一郎が訊いた。

「なぜ名を知っているのですか」

　咎《とが》めるものが音骨にあった。

　じろり、と紀一郎を見て、顔をしかめて弥兵衛がこたえた。

「何だ。わしを疑っているのか。朝吉とわしは何のかかわりもないぞ」

「そんなつもりで訊いたのではありません。ただ、はっきりさせたいだけです」

　見つめたまま、紀一郎が応じた。

「書いてあったのだ。朝吉がくるまれていた、ねんねこ半纏の襟元にはさんであった書付にな」

　身を乗り出して、紀一郎が告げた。

「その書付を、見せてください」

「今すぐにか。明日の朝でもいいだろう。やっと寝たのだ。朝吉を夜具に寝かせて、わしも眠りたい」

面倒くさそうに、弥兵衛が突き放した。

紀一郎が食い下がる。

「いますぐ見たいのです。いろいろと気になるので」

「いろいろと気になるので、だと」

まじまじと紀一郎を見やって、弥兵衛がため息まじりに言った。

「言っておくが、朝吉はわしの子じゃない。みょうな勘ぐりはよせ」

一瞬苦笑いした紀一郎が、厳しい顔つきをして告げた。

「その赤子が、父上がどこぞの女に産ませた子だとは、微塵《みじん》もおもっていません。値の張る衣を身にまとった赤子がなぜ捨てられたのか、そのわけを調べたい。手がかりになりそうなものは、できるだけ早くあらためたい。そうおもっているだけです」

うむ、とうなずいて弥兵衛が応じた。

「仕方がない。離れにこい。書付は、わしの居間に置いてある。見せるのは、朝吉を夜具に寝かせてからだ。少し待つことになるぞ」

「わかりました。寝かせる間、そばにいても仕方がありません。少し間を置いてから行きます」

「勝手の土間で落ち合おう」

そう言って弥兵衛が歩きだした。


しばし弥兵衛を見送って、紀一郎が踵を返した。

近寄ってくる紀一郎を見て、千春が柱の陰から出てくる。

そばにきた紀一郎に話しかけた。

「何かわかりましたか」

「捨て子だそうだ」

「捨て子？」

鸚鵡《おうむ》返しをした千春に、紀一郎が告げた。

「赤子の名は朝吉。身につけていた、ねんねこ半纏の襟にはさんであった書付に書いてあったと、父上が言われた」

千春を見つめて、ことばを継いだ。

「さきに居間にもどっていてくれ。おれは書付をあらためてくる」

見つめ返して、千春が訊いた。

「気になることでも」

「父上の様子からみて、このまま赤ん坊を育てるつもりでいるようだ。おれにはわかる」

驚いたような表情を浮かべて、千春が問うた。

「それは、しかし、どこの子か調べたほうがいいのでは」

「おれも、そう思う。書付を見れば何かの手がかりになるかもしれぬ。これから離れへ行ってくる」

「いろいろ気になります。居間で待っています」

「わかった」

応じて、紀一郎が背中を向けた。

五

やってきた紀一郎が、離れの勝手の戸を開けた。

すでに弥兵衛は、土間からつづく板敷に腰掛けている。

声をかけようとした紀一郎に気づいて、弥兵衛が、声を出すな、と言うように唇に指を当てた。

その所作の意味を察知した紀一郎が、黙って弥兵衛に歩み寄り、隣に腰を下ろす。

「書付だ」

小声で言った弥兵衛が、懐《ふところ》から四つ折りした紙を取り出した。

差し出された書付を紀一郎が受け取る。

開いた紀一郎が、書面に見入った。

顔を弥兵衛に向けて、小さな声で話しかける。

「筆跡からみて、幼い頃から文字を書き慣れた者が書いたもののような気がしますが。武家の娘かもしれませんね」

我が意を得たり、と弥兵衛が深くうなずいた。

「わしもそう思う。筆の運びからみて、文字を書き慣れている。町人の娘ではない、とな。もっとも断言はできぬが」

「分限者の家でも、町人の娘は読み書きよりも、踊りや芸事を習っていることが多い。貧しい長屋育ちの女たちで読み書きができる者は、あまりいません」

応じながら、再び書面に目を落として、紀一郎が独り言《ご》ちた。

「この筆跡は、まさか」

「まさか、だと」

聞き咎めて、弥兵衛が問いかける。

「まさか、何だ。筆跡に見覚えがあるのか」

一瞬焦って、紀一郎がこたえた。

「知っている娘の文字に、似ているような気がしただけです」

顔を寄せて弥兵衛が訊いた。

「千春さんの筆跡とは違う。ほかの娘だな。ほかの娘か」

記憶の糸をたどるように、弥兵衛が空に視線を泳がせた。

あわてて紀一郎が打ち消す。

「思い違いです。気にしないでください」

「思い違い、だと」

探る目で見やった弥兵衛を、真面目な顔つきで紀一郎が見つめ返す。眼光が、鋭く、険しい。

視線をそらして、弥兵衛がつぶやく。

「そうか。思い違いか」

「お返しします」

紀一郎が弥兵衛に向かって書付を差し出し、ことばを重ねた。

「これで引き揚げます。いずれにしても、赤子の親が誰か、突き止めたほうがいいでしょう」

書付を受け取った弥兵衛が、四つ折りにして懐に押し込んだ。

「忙しいだろう。無理して捜さなくともよい。朝吉の世話は楽しい。おまえを育てた日々を思い出す。何かと、なつかしい気がする」

「父上、まさか、このまま、ここで育てる気では」

「育ててもいいと思っている。赤子はかわいい」

微笑んだ弥兵衛を、

「父上」

困惑して、紀一郎が見つめた。

六

紀一郎が母屋へ帰っていく。

勝手口の前で、弥兵衛は見送っていた。

（ごまかしていたが、紀一郎は書付の筆跡に見覚えがあるのだ。しかし紀一郎に、千春さん以外に、かかわりがある女がいたとも思えぬが）

胸中でつぶやき、弥兵衛は紀一郎の後ろ姿に目を注いだ。


居間に入ってきた紀一郎に、千春が訊いた。

「どうでした」

ちらり、と千春に視線を走らせただけで、紀一郎が文机の前に座った。

文机に置いてある調べ書を開きながら、紀一郎がこたえた。

「赤子の名が書いてあった。朝吉、とな」

「朝吉、ですか」

「父上が朝吉をあやしているときに気がついたのだが、身につけている衣が、一目見ただけで値の張る品だとわかった」

怪訝《けげん》そうに千春が問いかけた。

「分限者の家の赤子が捨てられるには、それなりのわけがあるに違いありません。調べたほうがよろしいのでは」

調べ書に目を落としたまま、紀一郎がこたえた。

「わからぬ。書付の筆跡も見たことがないものだった。調べるにしても何の手がかりもない」

「そうですか」

千春がつぶやき、うつむいた。

しばしの間があった。

顔を上げて、千春がことばを継いだ。

「義父上《ちちうえ》は、朝吉とやらを育てるつもりなのですね」

「そうだ」

様子からみて、紀一郎は話に興味を失っているようだった。

探る眼差しで千春が訊く。

「しかし、それでは世間の目が」

言いかけた千春のことばを遮るように、紀一郎が告げた。

「これから先、どうなるか見通しが立たぬ。調べものが残っている。先に休んでくれ」

振り向こうともしない紀一郎に、いつもと違うものを感じて、千春がじっと見つめる。

重苦しい沈黙がその場を覆《おお》った。

ややあって、千春が口を開いた。
「休ませていただきます」
立ち上がった千春を、紀一郎は見向きもしなかった。
文机に置いた調べ書に目を注いでいる。
襖を開けて居間を出るとき、千春は、ちらり、と紀一郎に目を走らせた。
紀一郎は、調べ書に目を向けたままだった。
（動きが止まっている）
そう千春には感じられた。
軽く下唇を噛む。
襖を開けて廊下へ出、静かに閉めた。
一歩足を踏み出し、立ち止まる。
振り返った。
（あの人は、何かを隠している。そんな気がする。なぜ隠すのだろう）
胸中でつぶやいた。
次の瞬間……。
はっ、と思い当たって、顔を歪《ゆが》めた。

（ひょっとしたら、朝吉は、あの人がよその女に産ませた子かもしれない。そう考えると、茶屋のそばに捨てられていたことにも、説明がつく。しかし、そんなことが、あろうはずもない。そう信じたい）

嫌々するように、数回首を振った千春が、深いため息をついた。悄然《しょうぜん》と肩を落として、歩き出した。

七

翌朝、お松たちが出かけてから一刻（二時間）ほど過ぎたころ、朝吉をおぶって、弥兵衛は離れを後にした。

昨夜つくった女の乳がわりの汁を竹筒五本に入れたり、朝吉の世話に手間取ったりしたために、遅くなったのだった。

おんぶされた朝吉は、勝手にいるときは手足をばたつかせたり、ぐずったりしていたが、外へ出て歩き始めると、すやすやと寝息をたてはじめた。

茶屋の近くにきたら、すでに縁台に腰掛けている半次が見えた。

北町奉行所に呼び出された者たちで満員なのか、見世の外に立って席が空くのを待っている客もいた。

見世のなかに目を向けると、忙しく立ち働いているお松とお加代の姿が見えた。

朝吉はまだ眠っている。

おむつの替えを入れた風呂敷包みと、竹筒五本を下げてやってきた弥兵衛に気づいたのか、半次が立ち上がった。

弥兵衛に歩み寄ってくる。

そばにきて、話しかけてきた。

「昨夜、お頭《かしら》の許しをもらいました。お頭は、おまえの気持はわかる。身につまされてもいるだろう。心行くまで、赤ん坊の面倒をみてこい、と言ってくれました」

微笑んで弥兵衛が応じた。

「そうか。それはよかった。啓太郎はどうした？」

「啓太郎がおっ母さんに朝吉のことを話したら『着替えが足りないんじゃないか。古着を三、四枚、買ってきたほうがいいよ』と言われたそうで、さっき買いに出かけました」

心配そうに、弥兵衛が訊いた。

「昨日渡した金では、足りないんじゃないか」

「預かった一朱の残りでは足りないだろうと、おっ母さんが二朱、手渡してくれたそうで。余ったら、おむつも買ってくると啓太郎が言っていました」

うむ、とうなずいて、弥兵衛が応じた。

「そうか。お郁《いく》にも気をつかわせてしまったな」

独り言のようにつぶやいて、弥兵衛がことばを重ねた。

「実は、お郁に用があって、これから訪ねようとおもっていたところだ。朝吉の子守を引き受けてくれ」

「端《はな》からそのつもりでさ」

二つ返事で、半次が微笑んだ。


丸盆を手にして立ち止まったお加代が、心配そうに縁台のほうを見やっている。

「お客さんがお待ちかねだよ。ぼんやりしないで、働いておくれ」

かけられた声にお加代が振り向くと、近くに丸盆を手にお松が立っていた。

「半次さんが、朝吉ちゃんを」

「半次さんがどうしたんだい」

そばにきたお松が、お加代が指さしたほうに目を向けた。

「ほんとうだ。うまくいくのかね。ぎこちなくて見ていられないよ」

眉をひそめて、お松がつぶやいた。

縁台に腰掛けた半次の背中に朝吉をおぶわせ、弥兵衛が一本帯で結わえつけている。

目をさました朝吉はおとなしくしている。

しゃがんだ弥兵衛が、半次の腹のところで一本帯をくくった。

躰を起こして告げる。

「よし、終わった。立ってもいいぞ」

「わかりました」

おずおずと半次が立ち上がる。

五本の竹筒のうちの三本を手にとり、弥兵衛が告げた。

「母の乳の代わりの汁を入れた、二本の竹筒を縁台に置いておく。腹をすかせて泣き出しそうになったら、汁を椀に注いで、匙で飲ませてやってくれ。匙とお椀は見世の板場にある。お松かお加代に言えば、用意してくれる」

「わかりました。やれるだけやってみます。大丈夫です」

ことばとは裏腹、不安そうな顔つきで半次がこたえた。

「わしはお郁のところへ向かう。用立ててくれた二朱も返してくる」

「そのこと、啓太郎につたえておきます。あいつ、この二朱、どうやって返すかな、とぼやいていましたから、きっと喜びます」

「そうか」

微笑んで、弥兵衛が背中を向ける。

遠ざかる弥兵衛を見つめていた半次が、突然、顔をしかめた。

「くそっ、朝吉め、おしっこを漏らしやがった。おむつをとりかえなきゃ。大変だ。どうすりゃいいんだろう」

縁台に腰掛けた半次が、置いてあった風呂敷包みからおむつをとりだそうとして、結び目をほどこうとした。

焦っているせいか、うまくいかない。

「ちくしょう。やけに固く結んであるな。まいったな、ほんとに」

まさに泣きっ面《つら》に蜂。半次が、必死になって結び目をいじりまわしている。

第三章　この子誰の子

一

竹筒二本を下げて訪ねてきた弥兵衛を、お郁はいつもと変わらぬ親しみのこもった態度で迎え入れた。

向かい合って座るなり、お郁が訊いてきた。

「啓太郎から聞きました。茶屋のそばに赤ん坊が捨てられていたそうですね」

「そうなんだ。はじめは厄介だとおもったが、面倒をみているうちにかわいくなってきた。このまま育ててもいいかな、と考えている。もっとも、捨てた親が見つかれば、親に育ててもらうのが、一番いいのだが」

「そうですね」

相槌《あいづち》を打ったが、訝《いぶか》しげな様子で再びお郁が訊いてきた。

「その子の着ていたものは、高値の品だとすぐにわかった、と啓太郎が言っていました。金持ちの子だとしたら、なぜ捨てられたのでしょう。わけがありそうですね」

「生まれて半年と、ねんねこ半纏《はんてん》の襟にはさんであった書付に書いてあった。ことばも話せぬ年頃、そのあたりのことは調べなければわからぬ」

応じて弥兵衛が、ことばを重ねた。

「まさか、この年になって赤子の世話をするとはな。紀一郎を育てていた頃をおもいだしながら、朝吉の世話をやいている」

身を乗り出すようにして、お郁が問いかけた。

「朝吉、というのですか、赤ん坊の名は」

「書付に書いてあった」

「朝吉ちゃんか。朝吉ちゃんね」

お郁が遠くを見るような目つきで、空に視線を泳がせた。

（啓太郎を育てた日々を思い出しているのだ。幼い頃の我が子を懐《なつ》かしむ気持、親

なら誰しも持っているはずだ）

そうおもって微笑んだ弥兵衛に、お郁が話しかけてきた。

「朝吉ちゃんの子守、あたしも手伝いますよ」

「ありがたい。手に余ったときに、頼む」

「いつでも声をかけてください」

「そのことばに甘えて、頼みたいことがある」

「何ですか」

脇に置いていた竹筒二本を手にとり、弥兵衛が言った。

「書付には、女の乳の代わりになる汁の作り方も書いてあった。とりあえずそのやり方で作ってみたが、どうにも味が物足りない。そこで、わしなりに工夫して、昔は薬として用いられていた水飴をくわえて、乳に近い味にしようとやってみた。が、いかんせん、わしは女の乳の味を知らない。女の乳に近いのかどうかわからないのだ」

いったんことばをきった弥兵衛が、じっとお郁を見つめてつづけた。

「で、自分の乳で啓太郎を育てたお郁に味見してもらえば、乳の味に近いかどうかわかるだろうと思って訊ねてきたのだ」

「乳は生身の躰《からだ》から出るもの。人肌に近い温みがあります。冷たいものより少し温めて与えたほうが乳に近いのではないかと」

「そうか。人肌に近い温みが、な」

首を傾げた弥兵衛が、竹筒二本を手にとった。

「この竹筒のなかに、重湯の上澄みに水飴を混ぜた汁が入っている。加えた水飴の量は変えてある。冷たいが、どちらが女の乳の味に近いか味見してくれ」

竹筒の一本を差し出した。

「掌《てのひら》に汁を注げば、少しは温まるかもしれません。試してみます」

両手で受け取ったお郁が栓を抜き、竹筒を右手に持ち替えて、すぼめた左の掌に汁を注いだ。

左手を口へ運び、唇を掌に当てて、汁を吸う。

掌に残った汁を舐《な》めた。

竹筒に栓をして、弥兵衛に言った。

「二本目の竹筒をいただけますか」

弥兵衛が手渡す。

同じことを、お郁が繰り返した。

竹筒に栓をして脇に置く
「どうだ？」

せかすように弥兵衛が顔を突き出した。

唇を舐めて、お郁がこたえた。

「水飴の少ないほうが乳に近い。そんな気がします。もう少し、甘みを減らしたほうがいいのでは。赤ん坊に食べさせるのは、薄い味つけの品ばかりです。濃い味や刺激の強い香辛料は与えないように、と啓太郎を育てていたときに、産婆《さんば》さんが教えてくれました」

首をひねって弥兵衛が独り言ちた。

「もっと薄い味付けにしたほうがいいのか。つくってみるしかないな」

自分を納得させるように軽くうなずいて、弥兵衛がお郁に目を向けた。

「朝吉の着替えを買うために立て替えてもらった二朱だ。受け取ってくれ」

懐《ふところ》から銭入れを取り出し、一朱二枚を抜き出した。

差し出し、お郁に手渡す。

「たしかに」

帯にはさんだ巾着《きんちゃく》を引き出し、お郁が一朱二枚を入れて顔を上げた。

「いまからあたしが、朝吉ちゃんの子守に出向いてもいいですよ」

「今日のところは大丈夫だ。啓太郎に半次にわし、三人いる。何かと気になるので、朝吉がどこの子か調べてみようとおもっている。そうなると人手が足りなくなる。そのときに頼む」

「いつでもいいですよ。赤ん坊の面倒をみるのは楽しい。啓太郎を育てたときのことをおもいだすたびに、安らいだ気持になるんです」

お郁が微笑んだ。

「わしも同じだ」

そう言って、弥兵衛も笑みを返した。

二

竹筒二本を手に、茶屋の近くまでもどってきた弥兵衛は、足を止めて首を傾げた。朝吉をおぶった啓太郎が、縁台のまわりを、ゆったりとした足取りで歩いている。動いていないところを見ると、朝吉は眠っているのだろう。

一緒に子守をしているはずの半次は、どこにいるのか見あたらなかった。

弥兵衛が忍び足で歩み寄る。

気づいた啓太郎に、弥兵衛が唇の前で指を立ててみせた。

話すな、という意味の所作だと察したのか、無言で啓太郎がうなずく。

そばに寄り、弥兵衛が朝吉をのぞき込んだ。

朝吉は、すやすやと寝息をたてている。

一瞬、弥兵衛が満面を笑み崩した。

視線を啓太郎に移し、小声で話しかける。

「半次はどうした？」

低い声で啓太郎がこたえた。

「着替えをとりに、定火消屋敷へ向かいました」

怪訝《けげん》そうに弥兵衛が問いを重ねる。

「着替えを？」

「離れに帰ったら、親爺《おやじ》さんひとりで朝吉の面倒をみなきゃならない。夜泣きがつづいたら、親爺さんの躰がもたないだろう。今夜から離れに泊まり込む、と半次が言っていました」

聞いた弥兵衛の躰の奥底から、不意に湧き上がってくるものがあった。半次の心遣いが嬉しかった。

なぜか涙がこぼれそうになる。

突然……。

（年寄は涙もろいというが、親爺さんもそうだったか、と啓太郎に思われたくない）

そんな気持にさいなまれた。

口を開くのを待って、啓太郎が黙って弥兵衛を見つめている。

その視線の強さに、こころの動きを見透かされそうな気がして、わざと突《つ》っ慳貪《けんどん》に告げた。

「困ったな。最近、半次にあてがっていた部屋の掃除をしていない。仕方ない。半次にやってもらうしかないか。早めに言ってくれないから、やらなくてもいい掃除をやることになる」

笑みをたたえて、啓太郎が応じた。

「なあに、半次は、汚いのには慣れていますよ。定火消屋敷の火消人足たちは、一本の丸太を枕にして、ごろ寝しているそうです。火事が起きたら、丸太の端っこを大槌《おおづち》で一発叩くだけで、みんなが一斉に飛び起きる。ひとりひとり起こすよりも、手っ取り早いというわけで、そうしているという話で」

「なら、大丈夫だな。わしも気が楽になった」

応じた弥兵衛が、ことばを継いだ。

「お郁が立て替えてくれた二朱は、返してきた。買ってきた朝吉の着替えをあらためさせてくれ」

目で示して、啓太郎がこたえた。

「縁台に置いてある風呂敷に包んだままです。着替えを四枚、おむつを十枚買ってきました」

「それだけあれば、とりあえずは間に合うだろう。どれどれ」

縁台の前に立って、弥兵衛が風呂敷包みの結び目をほどいた。

風呂敷を開く。

着替えの四枚を縁台にならべて、しげしげと見入っている弥兵衛に啓太郎が声をかけてきた。

「明日から、おれも離れに泊まり込みます。いつも使っている部屋の掃除はすませておいてください」

「わかった。やっておく」

こたえた弥兵衛が、着替えを風呂敷にもどし、結わえながらつづけた。

「板場で女の乳の代わりになる汁を作る。朝吉のこと、頼んだぞ」

「泣き声が聞こえたら、たすけにきてください。赤ん坊を世話するのは初めてなんで」

「そうしよう」

茶屋へ向かって、弥兵衛が足をすすめた。

三

竹筒に入れてあった、水飴を少なめにまぜた重湯をもとに、お郁の助言どおり、汁をさらに薄めて、弥兵衛は女の乳代わりの汁を作り始めた。

できあがった汁を、一口飲んでみる。

むずかしい顔をして、首をひねった。

（重湯の上澄みに近い味だ。赤子を乳離《ちばな》れさせるときに食べさせるものは、薄味で刺激のない品を食べさせなきゃいけない。そう産婆さんから教えられたと、お郁が言っていた。この味でいいのかもしれぬ。とりあえず朝吉に飲ませてみよう。女の乳は体内から出るもの。乳代わりの汁も、人肌ていどに温めて飲ませるべきかもしれぬが、与えるたびに温めるのは無理だ。できうる限り、ということにするしかない）

そう腹をくくって、弥兵衛はため息をついた。やる気があって、どんなに頑張ってもできないことがある。つくづくおもい知らされていた。

できあがった汁を竹筒に入れているとき、板場にお松が入ってきた。

昨夜から、お松に訊いてみよう、と考えていたことを問いかける。

「千春と一緒になる前の紀一郎に、仲のよかった女がいたかどうか、心当たりはないか」

真剣な顔つきで訊いてきた弥兵衛に、台盤に置いた湯飲みに急須から茶を注いでいた手を止め、お松がこたえた。

「かかわりが深かったかどうかわかりませんが、ひとり、心当たりがあります」

即座にこたえたお松に、驚いて弥兵衛は問いを重ねた。

「そんな女がいたのか、紀一郎に」

「同心宮田《みやた》さまのお嬢さんの、三重《みえ》さんです」

その名前に覚えがあった。

「宮田の娘か。三重には、時々我が家に手伝いに来てもらっていたな」

「忙しいときに声をかけて、きてもらいました。一月に数日ほどでしたが、よく働くいい娘さんでした」

お松が、昔を懐かしむような目で微笑んだ。

「そうだったな」

応じた弥兵衛も、昔をおもい出していた。

宮田伴次郎《ばんじろう》は、弥兵衛配下の、北町奉行所例繰方同心だった。定廻りなど外役の同心と違い、例繰方など内役の同心は、大名家や名主、大店からの付け届け、袖の下がもらえず貧しかった。

いかにも貧しげな宮田の様子を見かねて、弥兵衛は宮田の妻良乃《よしの》や娘三重に、休む間もなく働いているお松の負担を軽くするために、手伝いにきてもらった。

与力だった弥兵衛の禄高は二百石、同心宮田の禄高は、蔵米で三十俵二人扶持である。内役の同心がそうだったように、内役の与力も付け届けなどに縁のない身であった。

が、もともとの禄高が違う。宮田の貧困は弥兵衛の比ではなかった。

(しかし、三重と紀一郎はいつ会っていたのだ。紀一郎は剣の修行のために道場へ通い、学問所も休んだことはなかった。朝早く出かけ、夕方遅く帰ってくるという暮らしをつづけていて、昼間はほとんど屋敷にいなかった。どうしていたのだろう）

訝しげに弥兵衛が首をひねった。

疑念にこたえるかのように、お松が口を開いた。

「三重さんは、紀一郎さまを好いていました。何度も三重さんから文を預かって、紀一郎さまにお渡ししました」

「紀一郎は返書していたのだな」

「その都度、返書しておられました。紀一郎さまは、礼を失しないように心がけておられたように思います」

うむ、とうなずいて、弥兵衛が空に視線を泳がせた。記憶の糸をたどっているようにみえた。

「そういえば、千春さんとの婚儀がととのったころから、三重が顔を出さなくなったな。良乃はきてくれていたが、千春が嫁いできたときから、遠慮したのかこなくなった。わしも職を辞するつもりでいたので、あえて宮田に、いつ手伝いにきてくれてもいいのだぞ、とは言わなかった」

笑みをたたえて、お松が言った。

「千春さまはよくやっておられます。中間も下女もおかずに、それこそひとりで走り回っておられます」

「わかっている。紀一郎は外役の非常掛り。それなりに大店からの付け届けも多い。その応対だけでも大変だとおもうが、時折、渡り中間を雇っているだけで、常雇いの下僕、下女たちを雇おうとはしない。傍目《はため》で見ていても、大変だとおもうが、紀一郎と相談しながらやっていること、余計な口出しはできぬ」

応じた弥兵衛が、口調を変えて問うた。

「ところで、三重はどうしているだろう。なかなかの美形だったが、嫁にいったのかな」

「千春さまほどではありませんでしたが、美形でしたね。こなくなってからのことはわかりません」

「そうか。その後はわからぬか」

応じた弥兵衛が口を噤《つぐ》んだ。

話が終わったと判じたのか、お松が手にした急須を傾けて、茶飲みに茶を注ぎ足した。

満たした茶碗を、台盤に置いていた丸盆に載せ、お松が板場から出て行く。

後ろ姿を見やりながら弥兵衛は、

（宮田はまだ御役に就いている。三重のことが気になる。一度宮田を訪ねてみるか）

そう胸中でつぶやいていた。

四

茶屋から引き揚げるとき、弥兵衛は啓太郎に話しかけた。

「お郁に、赤子の世話の仕方を訊いてきてくれるか」

「わかりました。明日、聞いたことを伝えます」

店じまいの仕度を始めたお松とお加代を残して、朝吉をおぶった半次とともに、着替えとおむつをくるんだ風呂敷包みと竹筒五本を両手に提げて、弥兵衛は早めに茶屋を出た。

屋敷の離れに着くまで、朝吉はぐっすりと眠っていた。

「朝吉の目が覚めないうちに、半次が泊まり込む部屋の掃除をしよう」

声をかけた弥兵衛が、持っていた風呂敷包みと竹筒を、勝手の土間からつづく板敷の上がり端に置いた。

「そうですね。急ぎましょう」

応じた半次が板敷に足をかけた。


掃除を終えた弥兵衛と半次が板敷にもどったとき、勝手の戸が開けられ、お松とお加代が入ってきた。

「おもったより早かったな」

声をかけた弥兵衛に、

「手がすいたときに、使った茶飲みや皿を洗っているので、後片付けが早く終わるんです」

こたえて、お松が笑みを浮かべた。

「さて、晩ごはんの菜を作りますか」

気分を奮《ふる》い立たせるように、お加代が声を高めた。

その声が癇《かん》に障ったのか、朝吉がぐずりだす。

「いけない」

あわてて、お加代が口を押さえた。

躰を揺すってあやしながら、半次が口を尖《とが》らせる。

「お加代ちゃん、何だよ、大声だしてさ。起きるに決まっているだろう、朝吉が」

「ごめんなさい。どうしよう」

困惑して、お加代が小さく頭を下げた。

突然、半次が声を上げ、顔を歪《ゆが》めた。

「朝吉め、おしっこ、漏らしやがった」

「おむつを替えよう」

風呂敷包みに駆け寄った弥兵衛が、風呂敷の結び目をほどく。

開いて、おむつを一枚とりだした。


板敷に朝吉を寝かせ、半次がおむつを取り替えている。

風呂敷包みからとりだした、糞尿で汚れたおむつ数枚を持った弥兵衛が、心配そうに半次を見つめている。

おもわず眉をひそめ、

(手つきが危なっかしい。何か起きたら大変だ)

胸中でつぶやいた弥兵衛が、半次に声をかける。

「わしがおむつを替える。代わりに、汚したおむつを洗ってきくれ」

振り向いて、半次がこたえた。

「お願いします。手足を動かすんで、うまくいきません」

弱音を吐いた半次が、ことばを重ねた。

「井戸へ行って、おむつを洗います。糞は、どこへ捨てればいいんですか」

「桶のそばに置いておけ。後で、わしが近くに穴を掘って埋める」

汚れたおむつを持った弥兵衛が、半次に歩み寄った。

お松とお加代が、晩飯の菜を作っている。

足下に座って、弥兵衛が朝吉のおむつを取り替えている。

股間に弥兵衛が顔を近づけた途端、朝吉がおしっこを漏らした。

勢いよく弥兵衛の顔面にひっかかる。

「うぷっ。やられた」

弥兵衛が、素っ頓狂な声を上げた。

声に驚いて、お松とお加代が振り返る。

ふたりの目に、持っていたおむつで、びしょ濡れになった顔を拭いている弥兵衛の姿が映った。

ため息をついたお松とお加代が、呆れた様子で顔を見合わせた。

五

朝吉のおむつを取り替えた弥兵衛は、お松たちがまだ晩飯の仕度を終えていないのを見届けて、気にかかっていたことを実行に移すことにした。

汚れたおむつを洗い終えてもどってきた半次に、弥兵衛が告げた。

「急ぎの用をおもい出した。朝吉を頼む」

「わかりやした」

応じた半次が、板敷に寝かされていた朝吉を抱き上げる。

勝手の戸を開けた弥兵衛に、お松の声がかかった。

「晩飯は箱膳に入れておきます」

振り向いた弥兵衛が、

「わかった」

と短くこたえ、後ろ手で戸を閉めた。

歩き出す。

八丁堀の宮田の屋敷まで、さほどの隔たりではない。

早足で行ったせいか、小半時（三十分）もしないうちに、弥兵衛は宮田の屋敷の前にいた。

木戸片開きの小門を開けて、なかに入る。

表戸の前に立って、声をかけた。

「夜分すまぬ。松浦弥兵衛だ。近くに来たので寄ってみた」

足音がして、つっかい棒を外す音が聞こえた。

なかから戸が開けられ、満面を笑み崩した宮田が顔を出した。

「ご無沙汰しています。お上がりください」

「いまは茶屋の親爺、町人髷《まげ》に結って、腰の二刀も帯びていない、このとおりの出で立ちだ」

笑みを向けて、弥兵衛が告げた。


表戸近くの座敷で、弥兵衛と宮田、良乃が向かい合って座っている。十六になる嫡男の勇太郎《ゆうたろう》は、挨拶をしに顔を出しただけで、自分の部屋にもどっていった。三重が出てこないところをみると、この屋敷にはいないのだろう。

四方山《よもやま》話のついでに、弥兵衛がさりげなく訊いた。

「三重の姿が見えないが、嫁いだのか」

微笑んで、宮田が応じた。

「二年前、駿河町《するがちょう》の両替商、永楽屋《えいらくや》さんの跡取り息子の真吉《しんきち》さんに見初められ、嫁入りしました。三重のおかげで、ゆとりのある暮らしができるようになりました」

わきから良乃が声を上げた。

「十八歳まで三重は、どこにも嫁にはいきたくない、と言って、持ち込まれた縁談には見向きもしませんでした。あまりの頑《かたく》なさに、このままでは行き遅れてしまう。どうしたものか、と頭を抱えていたのですが、真吉さんとの縁談は、なぜかすんなりと受け入れてくれて。ほんとうによかったです」

「子はできたのか」

問いかけた弥兵衛に、宮田がこたえた。

「半年前に男の子が生まれました。喜んだのも束の間、孫の顔を見たばかりだというのに、その二カ月後に、永楽屋さんが食べ合わせが悪かったのか急な病でなくなり、跡を継いだ真吉さんも二カ月ほど前に、商いの会合の帰りに辻斬りにあって、帰らぬ人となりました」

眉をひそめて、弥兵衛が問うた。

「辻斬りに。それでは三重は」

顔を曇らせて、宮田が言った。

「何かと大変らしく、このごろは顔を見せておりませぬ。私が訪ねていったら、金を無心にきたようにおもわれてもいかぬ、とおもうて、様子をみております」

「そうか。三重も大変だな」

沈んだ口調で応じた弥兵衛だったが、胸中で、

(朝吉は産まれて半年、と書付に記されていた。三重が男の子を産んだのも半年前。偶然とはいえ、同じだ。赤子の名を訊いてみるか)

そうつぶやいたものの、すぐに、

（名を訊いたら、宮田にわしが何のためにきたのか、と疑われることにもなりかねぬ。朝吉が三重の子だという、確たる証《あかし》があるわけでもない。宮田につまらぬ不安を抱かせるだけだ。とりあえず、三重が、いまどうしているか、調べてみよう）

おもいなおしていた。

知りたかった三重の近況もわかった。そろそろ引き揚げ時だと、判じて弥兵衛が告げた。

笑みを向け、弥兵衛が腰を浮かせた。

六

潜《くぐ》り戸をくぐり屋敷に入ってきた弥兵衛に気づいて、朝吉をおぶって庭を歩いていた半次が近寄ってきた。

「一緒だったんですか、紀一郎の旦那と」

声をかけてきた半次に、逆に弥兵衛が訊き返した。

「いや。紀一郎がどうかしたのか」

苦笑いをして、半次がこたえた。

「つい今しがた、帰ってこられたんで」

「事件の探索でも始まったのかな」

独り言ちた弥兵衛に、半次が言った。

「勝手の板敷に、親爺さんの晩飯が入った箱膳が置いてあります。食べてください。朝吉が目をさまして泣き出したら、何かと厄介ですから」

「わかった。急いで食べる」

こたえた弥兵衛が、小走りに離れへ向かった。


晩飯を食べ終えた弥兵衛が、空になった飯碗や皿、汁椀を箱膳に入れた。

箱膳を抱えて、立ち上がる。

弥兵衛が板敷から土間に降り立ったとき、朝吉の泣き声が聞こえた。

「あの声は、腹がすいたときの泣き方だ」

間近の台盤へ急いだ。

箱膳を台盤に置く。

傍《かたわ》らにならべてあった、重湯にほんの少しだけ水飴をくわえた汁が入っている竹筒と、匙、お椀を手にとった。

勝手口へ向かおうとした、弥兵衛の足が止まる。

勢いよく開けられた勝手の戸から、血相変えた半次が飛び込んできた。

竹筒を手に立っていた弥兵衛を見て、半次が声をかけてきた。

「乳代わりの汁が入った竹筒。泣き声でわかったんですね」

駆け寄ってきた半次が、弥兵衛に言った。

「腹が空いているようです。汁を飲ませないと泣きやみません」

「板敷に朝吉を寝かせよう」

「そうします」

板敷に半次と弥兵衛が歩み寄った。


寝かせた朝吉が手足をばたつかせて、泣きつづけている。

傍らに座った弥兵衛が、竹筒からお椀に汁を注ぎ入れ、匙ですくう。

朝吉の唇の端に匙をつけて、汁を流し込んだ。

ごくり、と音を立てて汁を飲む。

「さすがに親爺さんだ。飲ませ方がうまい」

朝吉をはさんで座っている半次が、感心したように声を上げた。

再び汁をすくった弥兵衛が、朝吉に飲ませながら半次に話しかけた。

「悪いが台盤に置いてある箱膳と器を洗ってくれ。今夜は、わしが朝吉の面倒をみる。半次は先に休んでくれ」

「それは、しかし」

申し訳なさそうな顔をした半次に、弥兵衛が告げた。

「今日はずいぶん朝吉の面倒をみてくれた。疲れただろう」

「それはそうですが」

ことばを切った半次が、口調を変えてつづけた。

「親爺さんが朝吉をおぶうのを手伝ってから、休ませてもらいます」

「わかった。そうしてくれ」

「箱膳を洗ってきます」

半次が立ち上がった。


板敷の上がり端に腰掛けた弥兵衛の背中に、背後にまわって膝をついた半次が、後ろ向きに抱えた朝吉を乗せる。

一本帯を、弥兵衛が腹の前で締めたのを見届けた半次が、朝吉の後ろからねんねこ半纏を着せかけた。

ねんねこ半纏の袖に腕を通した弥兵衛が立ち上がり、半次を振り返った。

「寝てくれ。眠気に負けて、夜泣きする朝吉の面倒をみきれなくなったら、声をかけて起こす」

「遠慮なく起こしてください。そんなときのために、泊まり込んでいるんですから」

笑みを浮かべて、半次が応じた。

七

泣きやんだ朝吉を寝かせようと、弥兵衛は外へ出た。

「よしよし、よい子だ」

声をかけながら、ゆっくりと歩き回る。

首のうしろに、朝吉が頭をもたせかけた。

（眠りそうだ）

おもわず笑みを浮かべたとき、背後に人の気配を感じた。

足を止め、ゆっくりと振り返る。

千春だった。

忍び足で近寄ってくる。

唇に、弥兵衛が指をあてた。

所作の意味するところを察したか、千春が黙ってうなずく。

そばにきて、小声で話しかけてきた。

「お義父《とう》さま、お訊きしたいことがあります」

表情がかたい。

「何なりと」

低い声で弥兵衛が応じた。

「紀一郎さんが、今日は非番なのに出かけて、さきほど帰りました。探索が始まったのですか、と訊ねたら『父上の用で出かけた』とこたえました。それきり気むずかしい顔をして黙り込んだままで、何かと心配です。お義父さまの頼みとは、どのようなことでございますか。できれば、教えていただきたいのですが」

おもいつめた様子だった。

探る目でじっと千春に見つめられ、一瞬、弥兵衛は戸惑った。

さりげない風を装って、こたえた。

「頼んだ。野暮用だ。なかみはたいしたことじゃない。話していいときがきたら、必ず伝える。」いまのところ、そのあたりのところで勘弁してくれ」

嘘も方便の、にべもしゃしゃりもない、弥兵衛の物言いだった。

視線をそらして、千春がうつむく。

肩を落として言った。

「そうですか」

背中を向けた千春が、力ない足取りで母屋へもどっていく。

その後ろ姿を見つめながら弥兵衛は、

(千春は、あきらかに紀一郎を疑っている。疑っているのは、わしも同じだ。なぜ紀一郎は、わしの頼みで動いている、とこたえたのだろう。咄嗟《とっさ》にわしの名を出さざるを得なかった。そうとしかおもえぬ。だとしたら、紀一郎には、千春には言えぬ、何か秘密めいたことがあるのだろう。あるとしたら、どんなことか。問いただすしかない)

胸中でつぶやき、奥歯を嚙みしめた。

第四章　根掘り葉掘り

一

突然、朝吉が泣き出した。
（しまった。千春に気をとられて、動かなかったせいだ）
舌を鳴らしたい気分になった。
さっきまで、このまま寝てくれるのではないか、とおもっていた。
弥兵衛の気持が、萎《な》えかける。
（いかん。ひと踏ん張りしなきゃ）
気持を奮《ふる》い立たせた弥兵衛は、

「よしよし。泣くな」

声をかけ、躰《からだ》をわずかに揺らしながら歩き始めた。

声を高めて、朝吉が泣きつづける。

「いい子だ。朝吉、ねんねしな」

優しく話しかけ、ゆっくりと歩きつづけた。


隣の屋敷の一室では、主の中山甚右衛門《じんえもん》が扱っている一件の調べ書に目を通していた。

中山は北町奉行所の年番方与力で、紀一郎の上役、千春の父でもあった。

廊下側から襖《ふすま》越しに声がかかった。

「わたしです」

妻、雅枝《まさえ》の声だった。

「何事だ」

こたえた中山の声に応じるように、廊下側から襖が開けられた。

入ってきた雅枝が襖を閉め、中山と向かい合って座る。

口を開いた。

「松浦さまの屋敷から赤子の泣き声が聞こえてきます。それも、二日つづけて。どうしたのでしょうか」

「というと」

問いかけの意味を解しかねて、中山が訊き返す。

不安げに眉《まゆ》をひそめて、雅枝が言った。

「紀一郎さんが、どこぞの女に子を産ませたのではないか、などと疑ったり、そんなはずはない、と打ち消したりして、気持が落ち着きません。嫁いで三年、なかなか子ができぬ千春に、紀一郎さんが不満を抱いたとしても、不思議ではありません」

「そのようなこと、あるはずがない。紀一郎は、そんな男ではない」

即座に打ち消した中山に、雅枝が言い立てた。

「ひょっとしたら、松浦さまが誰かに産ませた子かもしれませんね」

にべもない口調で、中山が告げた。

「堅物《かたぶつ》の松浦殿にかぎって、そのようなこと、あろうはずがない」

雅枝が、畳に目を落とした。

「それでは、やはり紀一郎さんが」

独り言のような、雅枝のつぶやきだった。

うむ、と呻《うめ》いて中山が黙り込む。

その場が、重苦しい静寂に包まれた。

顔を上げて、雅枝が中山を見つめる。

不安が、その目に宿っていた。

じっと見つめ返して、中山が告げた。

「何かあれば、千春が相談にくるはず。それまで待とう。わしたちが先走って動いたら、かえってことが大事になる。そうおもわぬか」

「それはそうですが」

口をつぐんだ雅枝に、中山が決めつけるように言った。

「そうしよう。いまは、黙って様子をみる。それしかない」

ため息まじりに、黙然と雅枝がうなずく。

その瞬間……。

ふたりの耳に、さらにけたたましい赤子の泣き声が飛び込んできた。

二

翌朝、朝吉をおぶった弥兵衛は寝不足の目をこすりながら、半次とともに離れを出た。

朝吉が寝たのは、夜八つ（午前二時）過ぎだった。

見世へでかける仕度を始めたお松たちが動き回る音で、一刻（二時間）余りで朝吉が目をさました。

腹が空いたのか、大声で泣き出す。

その声で、そばに寝ていた弥兵衛も目覚め、朝吉を抱きあげた。

別間にいた半次も起こされたのか、寝ぼけ眼《まなこ》で、部屋をのぞきにきた。

勝手に行った弥兵衛は、朝吉の世話をついてきた半次にまかせた。

抱いた朝吉をあやしながら、半次が板敷を歩き回っている間に、土間に降りた弥兵衛は大急ぎで、台盤に置いてある竹筒に入れた乳がわりの汁を、お椀に注ぎ入れる。

匙《さじ》を手にして、板敷へもどった。

足を止めた半次に抱かれている朝吉の唇の端に匙をつけ、汁を流し込む。音をたてて朝吉が飲んだ。

泣きやんだ朝吉を、壁際に座った弥兵衛が半次から受け取った。

つづけて汁を飲ませる。

飲み干して空になった匙で、傍《かたわ》らに置いたお椀から弥兵衛が汁をすくった。

匙を朝吉の唇の端につけて、弥兵衛が半次に声をかけた。

「お松たちが用意してくれた、朝飯が入った箱膳が台盤に置いてある。先に食べてくれ。食べ終えたら、朝吉の世話を頼む」

「ことばに甘えて、先に食べさせてもらいます」

土間に降り立った半次が、台盤へ向かった。

台盤には、ふたつの箱膳がならべて置いてある。

手前の箱膳の蓋《ふた》をとった半次が、立ったまま朝飯を食べ始めた。

朝吉をおぶった弥兵衛は、おむつを入れた風呂敷包みと竹筒三本を下げた半次とともに茶屋へ向かった。

茶屋の近くにきたら、縁台に腰掛けていた啓太郎が、弥兵衛たちに気づいて立ち上がった。

歩み寄った弥兵衛たちに、啓太郎が話しかけてきた。

「おっ母さんに赤ん坊の世話の仕方を、たっぷり教わってきました。今日は、しっかり朝吉の面倒をみますよ」

「頼む、と言いたいところだが、今日はふたりにやってもらいたいことがあるのだ」

風呂敷包みと竹筒を縁台に置きながら、半次が問いかける。

「朝吉の世話はいいんですかい」

間を置かずに、啓太郎が口を開いた。

「せっかくおっ母さんから話を聞いてきたというのに、親爺さん、それはないですよ。おれは残って、朝吉の面倒をみます。みさせてください」

ふたりに目を走らせて、弥兵衛がきっぱりと言い切った。

「朝吉の世話は、わしひとりで大丈夫だ。事件として乗り出すかどうか、決めるための聞き込みだ。不審なことがなければ探索には乗り出さない。そのことを早く決めたいんだ。朝吉のためにもな」

「朝吉のためですって」

「朝吉が誰の子か、手掛かりでもみつかったんですかい」

ほとんど同時に、啓太郎と半次が声を上げた。

「気になる話を聞き込んだ。駿河町に店を構える両替屋永楽屋について、聞き込みをかけてもらいたいんだ」

「永楽屋といやあ、江戸でも三本の指に入る銭屋ですぜ」

「そんな大店《おおだな》と、捨て子の朝吉がかかわりがあるなんて、そんな馬鹿な」

相次いで半次と啓太郎が、驚きの声を上げた。

「かかわりがあるかどうか、わからないから調べるんだ。そうだろう」

「そりゃそうですが」

「たしかに」

ちらり、と上目遣いに弥兵衛を見て、半次と啓太郎が顔を見合わせる。

あえて弥兵衛は、ふたりに三重のことはつたえなかった。

昨夜、宮田から聞いた、永楽屋を継いだばかりの若旦那が二カ月前に辻斬りにあって殺された、という一点に、弥兵衛は引っ掛かるものを覚えていた。

(その疑念を晴らすためにも、聞き込みをするべきだ)

そのおもいは、話を聞いたときから時が経つにつれ、弥兵衛のなかで次第に強まってきたのだった。

「すぐ出かけてくれ。聞き込んだ結果は、屋敷の離れで聞く」

強い口調で弥兵衛が告げた。

「わかりやした。手当たり次第、聞き込んできます」

目を光らせて半次がこたえる。

身を乗り出して啓太郎が言った。

「それこそ根掘り葉掘り、噂という噂を聞いてきます」

「ふたりが聞き込んでいることを、永楽屋に気づかれてもかまわぬ。できうるかぎり、多くの噂をつかんできてくれ」

厳しい顔で、弥兵衛が告げた。

三

駿河町の永楽屋の近くまでやってきた啓太郎と半次は、瞠目《どうもく》して足を止めた。

おもわず顔を見合わせる。

永楽屋の向かい側にある御店《おたな》の脇で、紀一郎が御店者らしき男と立ち話をしていた。

険しい顔の紀一郎にたいし、御店者は緊張しているのか、こわばった面持ちでこたえている。一目見て、親しい仲ではないことが見て取れた。

あわてて半次が啓太郎の袖を引き、間近の通り抜けに飛び込む。

町家の外壁に身を寄せて、半次が訊いた。

「見たか。紀一郎さんが、なぜ駿河町にいるんだ」

「様子から見て、聞き込みをしているような気がする」

応じた啓太郎が、顔を突き出すようにして紀一郎を見やった。

目を紀一郎に注いだまま、半次が声をかける。

「いま扱っている、事件の探索かな。それしても永楽屋の近くでの動き、どんな話をしているのか気になる」

「たしかめるか」

「たしかめる？　どうするんだ」

「紀一郎さんが話していた相手に聞き込みをかけるのさ。永楽屋について調べている。知っているかぎりのことを教えてくれ、と持ちかけるんだ。紀一郎さんが、永楽屋のことを聞き込んでいたら、相手は逆におれたちに訊いてくるはずだ。与力の旦那にも永楽屋のことを訊かれましたが、何かあったんですか、とな」

うむ、とうなずいて、半次が言った。

「たぶん、おれもそうこたえるだろう。やってみるか」

「やらない手はない。紀一郎さんが別の事件を調べていたとしても、違う一件だとわかるだけでもいいじゃないか」

「そうだな。紀一郎さんが調べているのは別の一件だとわかったら、おれたちは紀一郎さんを気にしないで、永楽屋を調べることができる」

「永楽屋について聞き込みをかけていたら、何のために調べているのか、親爺さんから紀一郎さんに訊いてもらおう」

こたえた啓太郎に、半次が言った。

「紀一郎さんが男から離れた。聞き込もう」

「おれが声をかける。半次は、紀一郎さんをつけてくれ。夕七つの時の鐘が鳴ったら、この通り抜けで落ち合おう」

「わかった」

視線を紀一郎にもどして、半次が通り抜けから通りへ出た。

「さて、聞き込みをかけるか」

御店者らしい男に目を据えて、啓太郎が足を踏み出した。

夕七つ半（午後五時）過ぎ、日輪はすでに西空を茜《あかね》色に染め上げている。

もといた通り抜けで、半次と啓太郎が、それぞれが探索した結果を伝えあっていた。

顔を合わせるなり半次は、紀一郎をつけまわしただけで、ほかの者に聞き込みをかけられなかった、と申し訳なさそうに告げ、尾行の顚末《てんまつ》を話しつづけた。

使いに行くのか、風呂敷包みを大事そうに抱えて永楽屋から出てきた、三十そこそこの手代とおぼしき男を尾行した紀一郎を、半次は見え隠れにつけていった。

永楽屋から遠ざかった辻で、男に声をかけた紀一郎は、間近にあった稲荷社の境内に連れ込んだ。人目を避けるためか、社《やしろ》の後ろに回る。

稲荷社の出入りを見張ることができる町家の陰に、半次は身を潜《ひそ》めた。

近づくことはできなかった。

半次には、ふたりの話のなかみを知る手立てはなかった。

小半時（三十分）ほどして出てきた紀一郎は、鳥居の前で男と別れ、再び永楽屋へもどった。

永楽屋に出入りする、客や奉公人たちを見張ることができる、御店の陰に身を潜めて張り込む。

通りをはさんだ通り抜けで、半次は紀一郎を注視しつづけた。

夕七つの時鐘が鳴ると、紀一郎は引き揚げていった。

聞き終えた啓太郎が、聞き込んだことを話し始める。

紀一郎と話していた御店者風は、啓太郎が、

「永楽屋について知っていることを教えてくれ」

と訊くと、みょうな顔をして、

「つい今しがた八丁堀の旦那にも、永楽屋について知っていることを話してくれ、と言われた。永楽屋さんに何か揉め事でもあるのか」

と問い返してきた、という。

男の聞き込みを終えた後、啓太郎は近くにいる話してくれそうな連中に、片っ端から声をかけた。

その結果わかったことを、かいつまんで話しつづけた。

半年前に永楽屋の若旦那夫婦に男の子が生まれたこと、四カ月前に主人の栄太郎《えいたろう》

が食い物にあたって急死したこと、跡を継いだ真吉が同業者仲間との会合の帰りに辻斬りにあって不慮の死をとげたこと、真吉の女房は武家の出で、商いのことがわからない。本家を守るため、との名目をつけ、先代の弟で黒門町《くろもんちょう》の出店を任されていた、分家の主の久次郎《きゅうじろう》が乗り込んできて、永楽屋を仕切っていることなどを一気に語った後、一呼吸置いて、ことばを継いだ。

「生まれた男の子の名だが」

言いかけて口を噤《つぐ》み、意味ありげにじっと半次を見つめた。

苦笑いして、半次が応じた。

「朝吉と、言いたいようだな。冗談は止しにしようぜ」

にやり、として啓太郎が告げた。

「正真正銘、朝吉という名さ」

呆れ返って、半次が問い返した。

「おいおい、いい加減にしろよ。怒るぞ」

「怒ってもかまわないぜ。言っとくが、おれは嘘は言ってない。永楽屋の、生まれて半年になる男の子の名は、朝吉だ」

一瞬、呆けたように口を半開きにした半次が、はっ、と気づいて声を上げた。

「そういや朝吉が身につけていたのは、一目見ただけで値の張るものだとわかる品だったな」

真面目な顔をして、啓太郎が告げた。

「永楽屋の生まれて半年になる赤子の名が、朝吉だということを、親爺さんに言ったら、どんなことばが返ってくるか、楽しみだな」

無言で半次が、強く顎を引いた。

四

夜五つ（午後八時）近くに、離れに帰ってきた啓太郎と半次は、お松たちが用意して箱膳に入れておいた晩飯を食べた。

その後、ふたりは弥兵衛に聞き込みの結果を報告するために、勝手の板敷で朝吉が眠るまで待っている。

深更四つ（午後十時）過ぎ、ひとしきり大泣きした後、朝吉が深い眠りについた。

自分の居間に敷いてある夜具に朝吉を寝かせた弥兵衛は、板敷にもどってきて、ふたりと車座になった。

座ったばかりの弥兵衛に、啓太郎が話しかける。

「紀一郎さんが、永楽屋について聞き込みをしておられました」

わきから半次も声を上げる。

「啓太郎と話し合って、あっしが紀一郎さんをつけることになりました」

紀一郎が永楽屋から出てきた、手代とおもわれる奉公人をつけていったこと、永楽屋からは見えないあたりにある辻で、奉公人に声をかけたこと、間近の小さな稲荷社に奉公人を連れ込み、人目を避けるためか、社の後ろに回って、しばらくの間、出てこなかったこと、鳥居の前で奉公人と別れて、永楽屋のそばへもどり、時の鐘が夕七つを告げるまで張り込んでいたことなどを、半次は話しつづけた。

口をはさむことなく聞いていた弥兵衛が、独り言のようにつぶやいた。

「そうか。紀一郎は永楽屋について聞き込みをかけ、張り込んでいたのか」

胸中で弥兵衛は、千春から聞いた、

「父上の用で出かけた」

という紀一郎の一言は、その場のがれの言い訳ではなく、意識のなかに潜んでいたものが言わせたことばではないのか、と推測した。

（紀一郎は、朝吉のねんねこ半纏の襟にはさんであった書付に目を通したときに、

三重の筆跡だと判じたのだ。そう考えると、すべて辻褄《つじつま》が合ってくる）

ふたりに顔を向けて、弥兵衛は告げた。

「明日にでも、紀一郎に永楽屋を調べているわけを訊いてみる。聞き込んだ結果も教えてもらうつもりだ」

笑みをたたえて、半次が応じた。

「親爺さんが言い出さなかったら、あっしたちが親爺さんに、なぜ紀一郎さんは永楽屋を調べているのか、訊いてくださいと頼み込むつもりでした」

同じおもいだ、と言わんばかりに、無言で啓太郎がうなずいた。

ふたりを見つめて、弥兵衛が言った。

「聞き込んだことを話してくれ」

「聞き込みをやったのは、おれです」

口を開いた啓太郎が、半次に伝えたことと同じなかみの話をした後、つけ加えた。

「半年前に生まれた永楽屋の赤ん坊は、朝吉という名でした。茶屋の裏手近くに捨てられていた赤ん坊と同じ名だったんで驚きました」

口をはさんで、半次が声を上げた。

「捨てられていたときに朝吉が身につけていた衣は、見るからに高値の品だとわかるものでした。ひょっとしたら、朝吉は永楽屋の、辻斬りにあった主人夫婦の子供かもしれませんね。あっしは、そうだ、と睨んでいるんですが」

　ふたりに視線を流して、弥兵衛が告げた。

「わしたちが世話をしている朝吉が、永楽屋の子供かどうか、調べないといけない。もしも、朝吉が永楽屋の子だったら、捨て子されるには、それなりの理由があるはずだ。朝吉の命にかかわる謀略が密かにすすめられているかもしれない。明日も永楽屋の聞き込みをつづけてくれ」

「わかりやした」

「まかせてください」

　緊張した顔つきで、半次と啓太郎が相次いでこたえた。

　ふたりをみつめながら弥兵衛は、

（朝吉は永楽屋の子だ。まず間違いない）

　そう胸中で推断していた。

　啓太郎が口を開いた。

「明日から離れに泊まり込みます。朝、聞き込みに出かける前に家に寄り、着替えを取りそろえて風呂敷に包み、茶屋へ回ってお加代ちゃんに風呂敷包みを預け、離れに持ってきてもらうように頼みたいのですが、いいでしょうか」

「そのこと、わしからもお加代につたえておく」

応じた弥兵衛に、

「親爺さんから口添えしてもらうとたすかります。ありがとうございます」

笑みを浮かべて、啓太郎が頭を下げた。

五

翌朝、ねんねこ半纏を羽織り、朝吉をおぶった弥兵衛は、おむつを入れた風呂敷包みと、乳がわりの汁を満たした竹筒三本を下げて庭へ出た。幸いなことに、朝吉はぐっすり眠っている。

すでにお松やお加代、啓太郎と半次は出かけていた。

表門の近くを歩きながら、弥兵衛は紀一郎が出てくるのを待っていた。

刻限を見計らって、弥兵衛は潜り口の戸を開け、くぐり抜ける。

外へ出たのは、紀一郎と話をしているところを、千春に見られたくなかったからだ。

（千春の紀一郎にたいする疑念は、まだ晴れていない）

そう、弥兵衛は推測していた。

父子で長話をしている様子を、千春が遠目で見たら、

（あたしを仲間はずれにして、なにやらふたりでひそひそ話をしている。どんなことを話しているのだろう。父子で隠し事の辻褄を合わせているのかもしれない）

と疑心暗鬼のおもいを抱きかねない。そう考えた末の動きだった。

ほどなくして紀一郎が、潜り戸から出てきた。

目前に立っている弥兵衛を見て、紀一郎が驚きの目を見張った。

訊いてくる。

「父上、なぜこんなところに」

「歩きながら話そう」

短く告げて、弥兵衛が歩き出した。

小走りにきて、紀一郎が肩をならべる。

歩きながら、弥兵衛が問いかけた。

「永楽屋について聞き込みをかけているようだな。なぜだ」

笑みを含んで、紀一郎が応じた。

「昨日、永楽屋の近くで啓太郎と半次を見かけました。父上が寄越したのではないかとおもいましたが、やはり、父上の指図でしたか」

単刀直入に弥兵衛が問うた。

「宮田の、三重のことが気になるのか」

一瞬、紀一郎が黙り込んだ。

その沈黙が、きっぱりと否定できない紀一郎の心情を表していた。

さらに弥兵衛が声をかける。

「お松から聞いたが、三重と文のやりとりをしていたそうだな」

悪びれることなく、紀一郎がこたえた。

「手伝いにきてくれている三重さんを、冷たくあしらうわけにはいかない。そう考えたので、文をもらったときには、返事を書いてお松に渡してもらっていました。三重さんが私を好いているのはわかっていました。私には千春がいたので、三重さんとふたりきりで会うことはありませんでした」

いったんことばを切って、紀一郎が言い切った。

「誓っていいますが、三重さんとは何もありません」

「なら、なぜ永楽屋の聞き込みを始めたのだ」

問いを重ねた弥兵衛に、紀一郎がこたえた。

「朝吉の襟にはさんであった書付の文字が、三重さんの手によく似ていたので気になったのです。三重さんが永楽屋に嫁いだということは、同心たちの噂話で知っていました。一時は『宮田の娘が玉の輿《こし》に乗った。両替屋永楽屋の跡取りに嫁入りした。これから宮田は金に不自由しないだろう。羨ましいかぎりだ』と同心たちは、寄ると触ると口にしていました」

顔を向けて、弥兵衛が言った。

「聞き込みで知り得たことを教えてくれ」

「永楽屋の先代、後を継いだばかりの三重さんの旦那が相次いで変死していました。赤子の泣き声が、ここ数日聞こえない。赤子の名は朝吉だということもわかりました」

弥兵衛が口をはさんだ。

「同じ名だが、わしがおぶっている子が、将来永楽屋の跡取りになるはずの朝吉だという証《あかし》はない。これから調べねばならぬ」

「わかっています。私は主人ふたりが相次いで変死した永楽屋のなかで、何か悪巧《わるだく》みが仕掛けられているのではないか、と考えたのです。三重さんは昔からの知り合い。窮地に陥《おちい》っているのなら、できればたすけてやりたい。その一心で動きました」

「そういうことなら、わしから申し入れたいことがある」

立ち止まった弥兵衛につられたように、紀一郎が足を止める。

「何ですか」

じっと紀一郎を見つめて、弥兵衛が告げた。

「この一件、わしらと手を組んで探索しないか。そうすれば千春さんも安心する」

「千春が」

訝《いぶか》しげに眉をひそめてつぶやいた紀一郎が、はっ、と気づいてことばを重ねた。

「このところ千春が、どこかよそよそしくて様子が変だと感じていましたが、そういうことだったんですね」

「何が、そういうことなのだ」

「私が、父上から頼まれて動いている、とその場逃れの言い訳をしたことを、千春が父上に話したのですね」

笑みをたたえて、弥兵衛が応じた。

「夜中に庭に出て、朝吉をあやしながら歩き回っていたら、声をかけてきたのだ。

おもいつめた顔をしていたぞ、千春は」

「そうですか。そんなことが。何とかして千春の気持をほぐしてやらねば」

「そうだ。が、ことばでは人の疑念は晴れないぞ」

その意味を解しかねて、紀一郎が首を傾げた。

「それでは、どうすれば」

「自分で考えろ」

突き放すように言って、弥兵衛が厳しい目で紀一郎を見据えた。

六

眉間に縦皺《たてじわ》を寄せてうつむき、しばし黙り込んだ紀一郎が、ふっきれたように顔を上げて弥兵衛を見つめた。

口を開く。

「先ほどの申し入れですが、一緒にやりましょう。父上の探索の手並みも見届けたいし」

苦笑いして、弥兵衛が返した。

「こいつ、言うにことかいて」

屈託のない笑い声を上げ、弥兵衛がつづけた。

「永楽屋の近くで、啓太郎と半次が聞き込みをつづけている。声をかけて、此度《こたび》の一件、わしと話し合って、一緒に探索することになった、と告げ、今後の探索の段取りを決めてくれ」

「承知しました」

厳しい面持ちで紀一郎がこたえた。

さらに弥兵衛が告げた。

「三重は、どこかに幽閉されているかもしれない。永楽屋、あるいは黒門町の出店、寮があれば寮かもしれぬ。それぞれに探りを入れるべきだろう」

「寮がどこにあるか、調べねばなりませんね」

「両替屋のほとんどが、貸した金の返済が滞《とどこお》る相手には、強引な取り立てをする。そのために、土地のやくざ一家や、頼まれたら何でもやる破落戸《ごろつき》の集まりのような町道場を手なずけている。永楽屋が使っているやくざの一家や道場のことも調べなければ」

「いま永楽屋を切り盛りしているのは、黒門町にある出店を任されている先代の弟、久次郎です。久次郎の身辺を洗うことで、付き合っているやくざや破落戸道場のこともわかってくるはず」

「啓太郎たちと手分けして調べてくれ。それと」

「ほかに何か」

訊いてきた紀一郎に、弥兵衛が応じた。

「中山殿に、わしから頼まれて、永楽屋について調べている、と伝えておくのだ。永楽屋の探索に深入りすればするほど、非常掛りの仕事はおろそかになる。奉行所内で紀一郎の動きを咎《とが》め立てする輩《やから》が出てきたときには、中山殿が、その動きを抑えてくれるはずだ」

「わかりました。早急に耳に入れておきます。中山様に伝え、内々の許しを得れば役務の一環ということになり、自由に動けます」

申し訳なさそうな顔をして、弥兵衛が言った。

「わしも一緒に動き回りたいのだが、何せ、朝吉の世話をしなければならぬのでな」

ため息まじりに弥兵衛が、ことばを重ねた。

「まだ決めつけることはできないが、朝吉が三重の腹を痛めた子だとしたら、粗略な扱いはできぬ」

「私も、そうおもいます」

空に目を据えて、弥兵衛が話しつづけた。

「三重は、わしが北町奉行所の前で腰掛茶屋をやっていることを、宮田から聞いているはずだ。茶屋のそばに朝吉を捨てた母が三重だとしたら、わし以外に頼りになる者をおもいつかなかったのだろう。頼られた以上、わしは何としても朝吉を守り通さなければならぬ。命懸けでな」

神妙な顔で耳を傾けていた紀一郎が、弥兵衛を直視して申し入れた。

「千春に朝吉の世話をさせましょう。これから屋敷へもどり、父上と一緒に千春に話しましょう」

「そうだな」

黙り込んで、一瞬考え込んだ弥兵衛が、自分を納得させるように大きくうなずいた。

独り言ちる。

「朝吉はかわいい。このまま面倒をみたいが、母親のもとに返してやるのが一番だ」

顔を紀一郎に向けて、つづけた。

「そうしよう」

次の瞬間、目を泳がせた弥兵衛が、おのれを得心させるようにつぶやいた。

「それがいい。それでいいんだ。朝吉には母親が必要だ」

どこか寂しげな弥兵衛を、紀一郎が無言で見つめている。

七

出かけたばかりだというのに、弥兵衛と一緒に帰ってきた紀一郎を、千春は驚きをあらわに迎え入れた。

千春と顔を合わせるなり、紀一郎が声をかけた。

「急ぎの話がある。居間へきてくれ」

「わかりました」

穏やかにこたえたものの不安にかられたのか、紀一郎の隣に立っている弥兵衛に、千春が目を流す。

笑みをたたえて、弥兵衛は無言でうなずいてみせた。

居間に入るなり、紀一郎がそっけない口調で千春に言った。

「茶はいらぬ。話が終わったら、すぐ出かける」

「そうですか」

再び不安に見舞われた千春を尻目に、さっさと弥兵衛が上座に座る。向かい合って紀一郎が、千春は紀一郎の斜め後ろに控えた。

座るなり、紀一郎が口を開いた。

「父上がおぶっている赤子は、朝吉という名だ。この朝吉がらみの一件を、父上と共に探索することになった」

「それでは、やはりお義父さまの頼みで探索を」

おもわず口走った千春が、弥兵衛に視線を走らせ、ばつが悪そうに黙り込んだ。

そんな千春に、弥兵衛が優しげな眼差しを向けている。

ふたりの様子に、おもわず微笑みそうになった紀一郎が、気分を変えるためか、唇を一文字に結んで告げた。

「千春に頼みがある」

「何なりと」

身を乗り出すようにして、千春がこたえた。

「朝吉がらみの一件で、父上は忙しくなる。これから先、千春に朝吉の面倒をみてもらいたいのだ」

躊躇《ちゅうちょ》することなく、千春がこたえた。

「お役に立ちとうございます」

横から弥兵衛が声を上げた。

「話は決まった。わしはいまから千春に、朝吉のおむつの替え方、女の乳の代わりになる汁の作り方、与え方を教える。紀一郎は探索に出かけてくれ」

「それでは出かけます」

脇に置いた大刀を手にして、紀一郎が立ち上がった。

振り向いて、声をかける。

「千春、頼んだぞ」

「我が子とおもって、世話をします」

黙ってうなずいた紀一郎が、襖に歩み寄る。

襖を開けて、紀一郎が居間から出ていった。

見届けた弥兵衛が、千春に声をかける。

「どれ、わしたちも動くか。まず離れへ向かい、勝手で女の乳がわりの汁をつくろう。そのうちに、朝吉が目を覚ますだろう。起きたら、おむつの替え方、汚したおむつの洗い方、おぶうときの一本帯の使い方、泣きやまぬときや眠らせたいときのあやし方など、覚えてもらうことがたくさんある。大変だぞ」

脇に置いていた風呂敷包みと竹筒三本を、弥兵衛が手にとった。

「赤子のことは、よく知りません。ご指南のほど、よろしくお願いします」

頭を下げた千春が、満面に喜色をみなぎらせ、腰を浮かせた。

第五章　いい後は悪い

一

永楽屋の近くにやってきた紀一郎は、歩み寄ってくる半次に気づいた。

不思議なことに、近づいても話しかけてこない。

探索になれている紀一郎は、その動きの意味が読み取れた。

（永楽屋にかかわりがある者に見られているかもしれない。そう考えて知らないふりをしているのだ。おれも素知らぬふりをするか）

判じて、紀一郎も知らぬ風を装った。

すれ違うとき、顔を前に向けたまま、半次が小声で声をかけてきた。

「左手二つ目の通り抜けにいます」

見向くことなく、紀一郎は歩を運んだ。

永楽屋の向かい側が、左手に当たる。

紀一郎は、二つ目の通り抜けに入った。

出入り口に、啓太郎が立っている。

笑みを含んで、啓太郎が口を開いた。

「親爺《おやじ》さんの指図で永楽屋を張り込んでいます」

「父上と相談して、ともに永楽屋を探索しようということになった。段取りを話し合おう」

応じた紀一郎に、啓太郎が告げた。

「すぐに半次がもどってきます。そろってから始めましょう」

「そうだな」

永楽屋に目を向けて、紀一郎が訊いた。

「変わった動きはないか」

「ありません。客は、おもいの外お侍の数が多いですね。昼前だというのに、供をしたがえた大名の江戸詰のお偉方とおぼしきお方が二組、永楽屋に入っていきました」

「ほとんどの藩は、財政が逼迫《ひっぱく》している。年貢をかたに両替屋や札差から金を借りている大名、旗本たちは多い」

「威張り散らしているお侍が、大店《おおだな》の両替屋には頭を下げる、という噂を耳にしています。おれたち町人にとっては、溜飲が下がる話ですが」

苦笑いして、紀一郎が言った。

「おれたち町方の者も、同じおもいだ。常日頃、不浄役人と馬鹿にされている身だからな」

足音が聞こえた。

振り向くと半次が、紀一郎が入ってきたほうとは、反対の出入り口から歩み寄ってくる。

近くにきた半次が、浅く腰をかがめて声をかけてきた。

「行き交った先の辻から、一回りしてきたんで遅くなりやした」

「一緒に探索することになった」

告げた紀一郎に、わきから啓太郎が問いかけた。

「昨日、永楽屋から出てきた手代とおぼしき奉公人に声をかけ、稲荷の境内に連れ込んで聞き込みをされていましたが、できれば、話のなかみを教えてもらえませんか」

「ふたりでつけてきていたことは察知していた」

「やはり、気づかれてましたか。そんな気がしてたんだ」

ばつが悪そうに半次が苦笑いした。

紀一郎が話し出す。

「あの手代は、永楽屋の本店と黒門町にある出店のつなぎ役だ。出店をまかされていた先代の弟の久次郎が本店を取り仕切るようになった。で、気心の知れた出店の奉公人を引き連れて本店に乗り込んできた」

そのため、本店にいた番頭以下、おもだった奉公人たちは出店に移されたこと、出店は久次郎の女房のお近《ちか》と二十になる息子が仕切っていること、急なことだったので、仕事の引き継ぎがうまくいかなかったため、わからない点がでてくるたびにつなぎ役の手代が帳簿を持って、本店と出店を行き来していることなどを、紀一郎がふたりに伝えた。

わきから啓太郎が声を上げた。

「奉公人たちを入れ替えるなんて、ずいぶんおもい切ったことをやりますね」

「亡くなった兄の栄太郎旦那さまは、おもいやりのある面倒見のよい主人だったが、久次郎旦那さまは癖のある性格で、商いのやり方も強引だと手代が言っていた」

　半次が口をはさんだ。

「そりゃ大変だ。奉公人は気が休まらないだろうな」

「出店のある黒門町の土地柄もあって、そういう商いをするようになったんでしょうね。大名や旗本、それなりの商いをしている御店、分限者たち相手に取引する本店では、そんなやり方をつづけると、つまらない揉め事が起きるでしょうね」

「そうかもしれぬ」

　こたえた紀一郎が、ことばを重ねた。

「出店のことや寮があるとしたら、どこにあるか調べたい。半次、出店について聞き込みをかけてくれるか。知りたいのは、取り立てに使っている者がいるかどうか。いたら、どこの誰か突き止めてほしいのだ」

「わかりやした。これから出店へ向かいやす」

　軽く頭を下げた半次が、通り抜けから通りへ歩み出た。

　早足で遠ざかる。

　しばし見送った紀一郎が啓太郎に告げた。

「ふたりで永楽屋の人の出入りを見張ろう。気になる者がいたらつけていき、どこへ帰るかたしかめるのだ」

「承知しました」

応じて、啓太郎が紀一郎から永楽屋へと視線を移した。

二

弥兵衛に教えてもらったものの、すべてがおもうようにいかないで、千春は頭を抱えていた。

泣き出した朝吉をあやしたが、どうにも泣きやまない。

お腹がすいているのか、とおもって、竹筒のなかに入っていた乳代わりの汁をお椀にうつし、匙ですくって飲ませようとしたが、朝吉は飲みたくないのか、首を激しく振って飲もうとしなかった。抱き直した千春が歩きながらあやしたが、泣きつづけている。

ほとほと弱り果てた千春のなかで、不意におもいついた思案があった。

(母《かか》さまに相談してみよう。母さまは、わたしたち姉弟を育てたお方。赤子を泣き

やませる、よい知恵を持ち合わせておられるかもしれない）

そう考えた千春は、矢も楯もたまらず雅枝に会いにいくことにした。

おむつの替えや一本帯をくるんだ風呂敷包みと、乳代わりの汁を入れた竹筒を持って朝吉を抱いた千春は、いったん通りへ出、隣家の表門に作り付けられた潜り口をくぐった。

泣いている赤子を抱いて、困り果てた様子でやってきた千春を、雅枝は驚愕の目で座敷に迎え入れた。

問いかける。

「その赤子、どうしたの。まさか」

「事情は後で話します。母さま、なんとか泣きやませて。あやしているんだけど、泣きやまない。乳代わりの汁を飲ませようとしても顔を背けて飲まないし、どうしたらいいのか」

躰《からだ》を動かして、朝吉を揺らす千春を見て、雅枝が言った。

「抱き方がぎこちない。力が入りすぎてる。それじゃ、赤ちゃんの躰を締めつけてしまう。赤子をよこして」

身を寄せて手をのばし、雅枝が朝吉を抱き取った。

「よしよし。大丈夫だよ」

朝吉の躰を、両腕で包み込むように抱いて、ゆっくりと揺らしながら、雅枝がのんびりとした足取りで、部屋のなかを歩きまわる。

手足をばたつかせて泣いていた朝吉の動きが少しずつ鈍くなり、それにつれて泣き声が次第に小さくなっていった。

千春は、ことばでは説明のつかない、不思議なものを見せられているような、みょうな気分に襲われていた。

やがて朝吉は目をつむり、泣き疲れたのか、眠り始めた。

「母さま、なぜそんなにおとなしくなるの？」

あわてて雅枝が首を横に振った。

口をきかないで、という意味の仕草だと推察して、焦って千春が黙り込んだ。

やがて、朝吉がすやすやと寝息をたて始めた。

その顔を、雅枝がのぞきこむ。

かすかに唇を動かしただけで、朝吉は眠りつづけている。

安堵したように、雅枝が笑みを浮かべた。

「もう大丈夫。小さな声で話したら、起きない。事情を聞かせて」

たしかめるように朝吉の寝顔を窺《うかが》った千春が、目を細めてつぶやいた。

「かわいい」

雅枝を見やって、千春が話しかける。

「この赤子は朝吉という名で、北町奉行所前の腰掛茶屋近くに捨てられていた、と聞いています」

弥兵衛と紀一郎父子が相談して、朝吉の母親捜しの探索を始めた。探索している間、弥兵衛は朝吉の面倒をみることができないので、私が世話するようになったと、千春は一気に話しつづけた。

口をはさむことなく、雅枝は聞き入っている。

赤子の泣き声を聞いたときから心配していた事柄が、こころのなかで雲散霧消していく。

(つまらぬ疑念にとりつかれていた)

そんなおもいが雅枝のなかでこみ上げてくる。

突然、朝吉がぐずりだした。

あわてて雅枝が、あやしながら歩き出す。

すぐに朝吉は静かになった。

見つめていた千春が、ささやくように訊いた。

「あたしが同じようなことをやっても泣きやまないのに、母さまがあやすとなぜおとなしくなるんだろう」

「抱き方が悪いのよ。力が入りすぎているのね」

不意に朝吉が手足を伸ばした。

はっ、として、雅枝が揺り籠を揺するように腕を動かす。

何事もなかったように、再び朝吉が寝息をたて始めた。

「ばぶばぶ。いい子だね」

顔を近づけて、雅枝が朝吉の顔に頬ずりする。

むにむにゃ、と朝吉が唇を蠢《うごめ》かした。

「久し振りの子育て。昔をおもいだす」

雅枝は、実に楽しそうだった。

その様子を見つめる千春は、なぜか疎外感に襲われていた。

（赤子の扱い方を教えてもらおうとおもってきたのに、母さまたら、何も教えてくれない）

こころのなかでつぶやいていた。

呆れ顔で千春は、満面に笑みをたたえて朝吉をあやす雅枝を見つめている。

三

昼八つ（午後二時）を告げる時の鐘が、風に乗って聞こえてくる。

通り抜けの口で張り込んでいた啓太郎が、声を上げた。

「親爺さんだ」

見張りを交代して、外壁に背をもたれかけていた紀一郎が、向き直って啓太郎の肩越しに目を注ぐ。

永楽屋へ向かって歩いてくる、弥兵衛の姿が見えた。

「呼んできますか」

声をかけてきた啓太郎に、紀一郎が応じた。

「頼む」

通り抜けから出た啓太郎が、弥兵衛に近づいていく。

紀一郎の目は、永楽屋に注がれていた。

出店とのつなぎ役の手代に声をかけ、聞き込みをかけている。名乗っていないから、松浦紀一郎という名はわからぬだろうが、町奉行所の与力が永楽屋のことを調べている、とその手代から、主の久次郎につたわっている。そう考えるべきであった。

(啓太郎や半次も、見られてもかまわぬ、といった様子で聞き込みをかけていた。十手を持っていないから、町奉行所の手先ではない、と見立てているだろうが、すでに内々の探索とはいえない状況に陥《おちい》っている。調べている様子を久次郎に見せつければ、必ず動き出す。動いたら、必ずどこかにほころびが生じる。その時が勝負だ)

そう推断しながら、紀一郎は啓太郎に視線を移した。

近寄った啓太郎が弥兵衛に話しかけている。

うなずいた弥兵衛が、啓太郎とともに通り抜けへ向かって歩いてきた。

啓太郎とともに入ってきた弥兵衛が、紀一郎に声をかけた。

「永楽屋の出店について聞き込みをかけるように指図し、半次を黒門町に向かわせたそうだな。なかなかよい手配りだ」

「褒《ほ》めてくれても、何もでませんよ」

苦笑いして、紀一郎がつづけた。

「言い忘れたことがあります。先日、永楽屋から出店へつなぐ役向きの手代に声をかけ、聞き込んだなかみですが」

先代と跡を継いだ当代の真吉が相次いで死に、出店をまかされていた久次郎が急遽本店に乗り込んできたこと、それによって本店と出店の奉公人のほとんどが入れ替わり、引き継ぎがうまくいかなかったため、商い上、不明な点が出てくるたびにつなぎ役の手代が本店と出店を行き来していることなどを、紀一郎が弥兵衛に伝えた。

聞き終えた弥兵衛が紀一郎に訊いた。

「聞き込みをかけたり、張り込んでいる間に赤子の泣き声を聞いたことがあるか」

「ないですね」

こたえた紀一郎から啓太郎に視線を移して、弥兵衛が問いかける。

「啓太郎はどうだ」

「いままで泣き声を聞いたことはありません」

「そうか」

つぶやいて、弥兵衛が首を傾げた。

「永楽屋には三重が産んだ子がいるはずだ。赤子はけたたましい声で泣く。外に泣き声が聞こえないはずがない。が、聞いたことがないとすると二つのことが考えられる。ひとつは永楽屋に三重はいるが赤子がいない。二つ目は、三重も赤子もいない、という状況だ」

ふたりを見やって、弥兵衛がことばを重ねた。

「ひとつ目については、いますぐ調べる手立てがある」

「あるんですか、そんな手が」

「どうするんで」

相次いで紀一郎と啓太郎が声を上げた。

悪戯《いたずら》っ子が悪さを仕掛けるような、楽しげな笑みを浮かべて、弥兵衛が告げた。

「とりあえず久次郎にかまをかけてみよう。紀一郎に一芝居打ってもらう」

「私が一芝居を打つとは」

訝《いぶか》しげに紀一郎が問う。

「永楽屋に乗り込み、近くへきたので寄ってみた。三重さんに会いたい、と申し入れるのだ」

策の狙いを察知したのか、紀一郎が応じた。

「後家になったとはいえ、三重さんは永楽屋のお内儀、いないはずがない。もし久次郎がなにくれと理由をつけ、会わせないようにしたら、それなりのわけがあるとみるべきだ。そういうことですね」

「そうだ」

こたえて、弥兵衛がことばを重ねた。

「永楽屋を出たらこの通り抜けにはもどらず、北町奉行所へ向かえ。誰かがつけていくかもしれぬ」

「つけてきたら、久次郎が、仕掛けた罠《わな》に引っ掛かってきたということになりますね」

弥兵衛が告げた。

「刻限からみて、中山殿はまだ奉行所にいるだろう。もろもろ話し合ってくるのだな」

「承知しました。これから永楽屋へ向かいます」

「頼むぞ」

「万事抜かりなく」

わずかに頭を下げた紀一郎が、背中を向けて歩き出した。

永楽屋へ向かって歩を運んでいく。

弥兵衛と啓太郎が、紀一郎の後ろ姿を見つめている。

悠然とした足取りで、啓太郎が永楽屋へ入っていった。

四

永楽屋に入ってきた紀一郎に気づいて、土間にいた手代のひとりが近づいてきた。

顔が青ざめている。

おずおずと声をかけてきた。

「お役人さま、まだ何か」

目を向けると、聞き込みをかけた手代だった。

「近所にきたので寄ってみた。当家のお内儀、三重さんに会いたい。取り次いでくれ」

「奥のことはわかりません。番頭さんに訊いてまいります」

「ここで待つ」

腰をかがめた手代が背中を向け、帳場に座っていた五十がらみの番頭に歩み寄った。

話しかけている。

伸び上がるようにして、番頭が紀一郎を見た。

話が終わったのか、番頭が立ち上がる。

土間に立っている紀一郎の前にきた番頭が、畳敷きの上がり端に正座した。

型通りに頭を下げる。

顔を上げて、口を開いた。

「お内儀《かみ》さんに会いたいと言うことですが、どちらさまでしょうか」

「北町奉行所非常掛り与力、松浦紀一郎だ。三重さんとはなじみの者、近くにきたので久し振りに会いたいとおもった。取り次いでくれ」

「北の与力、松浦紀一郎さまでございますか。会いたい、と仰有《おっしゃ》っていると、お内儀さんにつたえてまいります。暫時《ざんじ》、お待ちくださいませ」

「承知した」

こたえた紀一郎に再び頭を下げて、番頭が立ち上がった。

程なくもどってきた番頭が、申し訳なさそうに頭を下げて言った。

「お内儀さんは病に臥《ふ》せっておられます。見苦しいところをを見せたくないので、申し訳ありませんが、今日はご勘弁願いたい、と申しております」

恐縮して頭を下げた番頭に、紀一郎が告げた。

「病とならばなおさらのこと。出で立ちなど気にしなくてもよい。ぜひとも見舞いたい。再度、取り次いでくれ」

不愉快だ、と言わんばかりの口調で、紀一郎が粘った。

一瞬、身をすくめた番頭が、か細い声でこたえた。

「今一度、訊いてまいります」

頭を下げて立ち上がり、逃げるように奥へ消えていった。


まもなく、眉間に縦皺《たてじわ》を寄せ、困惑しきった顔つきで番頭がもどってきた。

紀一郎の前に座るなり、がっくりと頭を下げる。

躰を固くして、額を畳に擦り付けたまま言った。

「気分がすぐれぬゆえご勘弁ください、とお内儀さんが申しておりました」

「もうよい。何かと気がかりだ。またくる」

吐き捨てて、紀一郎が踵《きびす》を返した。

永楽屋から紀一郎が出てくる。

通り抜けで見張っている弥兵衛が声をかけた。

「裏口へ通じる横道を見張ってくれ。わしは店を見張る」

「目を皿にして見ています」

応じて、啓太郎が目を凝《こ》らした。

「出てきました。浪人です」

歩き去る紀一郎を、浪人がつけていく。

凝視して、弥兵衛がつぶやいた。

「ほどよい隔たりをとってつけている。尾行に慣れているようだな」

「あの動きは、それなりの剣の遣い手と見立てました。油断できませんね。おそらく、出店へ出入りしている破落戸《ごろつき》同然の浪人でしょう」

こたえた啓太郎に、弥兵衛が独り言ちた。

「どうやら策が功を奏したようだな」

やる気を漲《みなぎ》らせて、啓太郎が問いかけた。

「つけましょうか」

即座に弥兵衛が断じた。

「その必要はない。紀一郎は、後をつけてくる者がいることに気づくはずだ。辻を曲がるときに横目でたしかめ、さらに北町奉行所に入ったあと、門番所の物見窓からのぞいてあらためる。さすれば、つけてきた浪人の人相風体《ふうてい》も、見届けることができる」

「たしかに」

永楽屋に目を注ぎながら、弥兵衛が言った。

「店の奥には、ほかにも浪人が詰めているはずだ。おそらく出店で取り立てに使っている、町道場の門弟たちだろう。紀一郎がきたことを、どこかへ知らせに行く奴が出てくるかもしれぬ。出てくるかどうかわからぬが、そ奴をつけるために、いまは待つべきだ」

うなずいて、啓太郎が応じた。

「出てくるとしたら、横道ですね。おれが見張ります」

「わしは店を見張る」

それぞれが目を凝らしたとき……。

身を乗り出して、啓太郎が声を高めた。

「出てきました」

目を向けて、弥兵衛が応じる。

「やはりいたか」

啓太郎が問うた。

「つけますか」

「あの浪人、身のこなしからみて、なかなかの遣い手とみた。油断大敵。一瞬たりとも気を抜いてはならぬ」

「そのことば、肝に銘じておきます。それでは」

「老婆心から言うが、決して気づかれぬように、こころして行け」

「わかりました」

不敵な笑みを浮かべて、啓太郎が足を踏み出した。

五

北町奉行所に着いた紀一郎は、急ぎ足で表門脇の当番所に入り、物見窓を細めに開けて、つけてきた浪人に目を注いだ。

浪人は腰掛茶屋の近くで足を止め、北町奉行所を眺めていた。

月代《さかやき》を伸ばしている。細くて、黒目が浮いたようにみえる冷酷な目、薄い唇、長い顔のなかほどに鎮座する高い鷲鼻《わしばな》が、ただでさえ陰険に見える容貌に、剣呑《けんのん》さを加えていた。

長身でがっちりした体軀《たいく》。それなりの剣客《けんかく》とおもわれた。

つけられているとき、後ろから幾度となく発せられた殺気は、凄まじいものであった。

（いずれ剣を交えることになる男）

そんな予感が紀一郎のなかにある。

浪人が踵を返し、立ち去っていくのを見届けて、紀一郎は当番所を出た。

年番方用部屋に、中山はいた。

襖《ふすま》を開けて入ろうとした紀一郎に気づいた中山が、腰を浮かしながら手を上げて、押し返すような仕草をした。

その所作が、その場で待て、という意味だと察知して、紀一郎が足を止める。

立ち上がった中山が、そばにきて声をかけた。

「別間へ行こう」

「わかりました」

歩き出した中山に、紀一郎がしたがった。

別間で上座に中山、向かい合って紀一郎が控えている。

座るなり、中山が訊いた。

「ここ数日、出仕してこないので、心配していたのだ。事件の種でもひろって、非常掛りとして秘密裡の探索をつづけていたのか」

恐縮しきって、紀一郎がこたえた。

「申し訳ありません。父上が腰掛茶屋のそばに捨てられていた赤子を拾ってきたことがきっかけになりました。父上から、その赤子のねんねこ半纏《はんてん》の襟にはさんであった書付を見せられたとき、見覚えのある筆跡、と推断しました。それで探索を始めました」

「誰の手だとおもったのだ」

問いかけた中山に、紀一郎がこたえた。

「以前、私の屋敷に家事万端の手伝いにきてくれていた、同心宮田伴次郎の娘三重殿の文字でした。宮田は例繰方同心。父上在任中は、配下として昵懇《じっこん》の間柄でした」

「宮田の妻と娘が、松浦殿の屋敷に手伝いにきていたことは知っている。宮田の貧困を見かねて、と松浦殿が言っていた」

記憶の糸をたどるように空に視線を泳がせて、中山がことばを重ねた。

「三重とかいう娘、たしか江戸有数の両替屋、永楽屋の跡取りに見初められ、嫁にいったと聞いている。娘が玉の輿に乗った。宮田はよい娘を持った。死ぬまで宮田は金に困らぬだろう、と同心たちが噂していた」

さらにつづけて、中山が問うた。

「紀一郎は、松浦殿が拾ってきた赤子は、三重が産んだ子ではないかと推測したのだな」

「そうです。三重殿に買い物を頼んだり、三重殿からも頼まれたりして、何度も文のやりとりをしていました。それで、三重殿の手を見慣れておりました」

あえて紀一郎は、三重が紀一郎に懸想《けそう》して、多数の恋文を寄越していたことを、中山に話さなかった。すでに過去の話である。それぞれが一家を構えて、新たな暮らしをつづけている。伝えたら余計な波風を立てるだけ、と紀一郎は考えていた。

首をひねって、中山が口を開いた。

「拾った赤子が三重の子だとしたら、永楽屋のなかで、何らかの謀《はかりごと》がすすんでいるとみるべきだ。永楽屋は富者。赤子を捨てる理由は見当たらぬ」

「気になったので、非番の日に永楽屋の近くで聞き込みをかけましたところ、不審なことがつづいておりました」

「不審なこととは」

鸚鵡《おうむ》返しをした中山に、紀一郎がこたえた。

「四カ月前に先代が食い物にあたって急死し、二カ月前に跡を継いだ三重の夫が辻斬りにあって変死しています。三重が子を産んだのは、半年前のこと。あくまでも私の推察ですが、三重夫婦に跡取り息子ができたことが、変事の発端になったのではないかと」

「そう推察する根拠があるのだな」

「永楽屋には、先々代の腹違いの弟にまかせていた出店があります。黒門町の出店を仕切っていた久次郎が、いま本店に乗り込んで、商いを動かしております」

「手回しがよすぎるな。本店には女主人の三重がいる。商い上手の番頭たちもそろっているだろう。そのうち三重も商いを覚えてくる。急遽久次郎が乗り込んでこなければならぬ有様ではないような気がするが」

「久次郎は自分が本店に入るときに、出店の奉公人のほとんどを連れていき、同時に、本店にいた主だった奉公人たちを出店へ移しております。そのため引き継ぎがうまくいかず、何かわからないことが生じるたびに、つなぎ役の手代が帳面を携えて、本店と出店を行き来しています」

うむ、呻《うめ》いて、中山が訊いた。

「先々代の血筋を絶やし、分家の主が本家を乗っ取った。そんな有様にみえる」

「中山様が仰有ったとおり、先代の血筋を絶やしていくという企《たくら》みが、永楽屋のなかですすんでいるとしたら、近いうちに三重殿と赤子は殺されます」

「そうだろうな」

一膝すすめて、紀一郎が告げた。

「昨日、父上から赤子の親捜しを手伝ってくれ、と申し入れられたので引き受けました。引き受けたのにはわけがあります。父上が拾ったときに、添えられていた書付に赤子の名は朝吉、と記されていました。三重殿が産んだ子の名も朝吉です。偶然かもしれませぬが、そうでない場合もあります。調べる価値はあると判じました」

「偶然とは言い切れぬ。調べるべきだ」

　姿勢を正して、紀一郎が声を高めた。

「今日、永楽屋を張り込みました。父上から、永楽屋に乗り込み、三重殿に会いたいと申し入れてみろ。何かと理由をつけて、会うのを拒《こば》んだら、会わせたくない理由があるということがわかる、と言われました」

「永楽屋に乗り込んだのか」

「乗り込みました。結果、病で床に臥せっているので、会うのは勘弁してほしい、と三重さんが言っていると断られました」

　厳しい顔をして、中山が告げた。

「探索はつづけねばなるまい。ただし」

「ただし、とは」

　訊いた紀一郎に中山がこたえた。

「表立って探索すると、永楽屋が闕所《けっしょ》になるおそれがある。永楽屋は多くの大名、旗本に金を貸している。御上《おかみ》も、そのことはつかんでいるだろう。永楽屋の本家、分家の間で、血で血を洗う内紛が起きていることが表沙汰になったら、不届き至極の仕儀、看過できぬ、と咎《とが》められるに決まっている」

「それで最悪の場合、永楽屋は闕所になると言われるのですね」

「永楽屋を闕所にし、財産を没収したら御上は潤う。借金していた大名、旗本たちは、だんまりを決め込めば、借金が棒引きになる。いいことずくめの落着となる」

「武家側は丸儲け、になるわけですね。三重殿や赤子のことを考えると、闕所にならないように動かねばなりません」

「北町奉行所を動かしてはならぬ。町奉行所が乗り出して調べがすすんだら、永楽屋の内紛は隠しようがない。御上の耳に入れば、最後は闕所奉行が乗り出すことになる」

「あくまでも内々で探索をすすめます」

「松浦はわしの命令で、隠密の任務に就いている、と皆には話しておく」

「心遣い、痛み入ります」

紀一郎が深々と頭を下げた。

六

黒門町にある永楽屋の出店近くで、半次は聞き込みをつづけていた。

話してくれそうな相手を見つけては、片っ端から聞き込みをかけていた半次は、一休みしようと町家の外壁に背中をもたれた。

目を閉じて、ふう、と息を吐き出す。

ゆっくりと目を開いた。

その瞬間……。

驚愕して、半次は瞠目《どうもく》した。

そこにいるはずのない男が、歩いてくる。

間違いなく、啓太郎だった。

目を前方に向けたまま、歩を運んでいく。

声をかけようとして、半次が歩み寄った。

気配を感じたのか、啓太郎が半次に顔を向ける。

挨拶《あいさつ》がわりに右手を軽く挙げ、話しかける素振りをみせた半次に、啓太郎が首を左右に振った。

来るな、という意味の所作だと察した半次が、足を止める。

啓太郎が視線を前方にもどした。

その視線の先に、歩みをすすめる、ひとりの浪人の姿があった。

（浪人をつけているのか。おれもつけよう）

そう決めた半次は、啓太郎から十数歩ほど離れてついていった。

浪人は、

〈馬庭念流《まにわねんりゅう》　山崎《やまざき》道場〉

と墨書された看板が掲げられた、道場とは名ばかりの、しもた屋へ入っていった。

町家の陰に身を置いた啓太郎は、浪人が表戸を開け、道場のなかへ消えるのを、しかと見届けた。

閉められた表戸に、目を注いだとき……。

近づいてくる人の気配を感じて、啓太郎は振り返った。

邪気のない笑みを浮かべて、挨拶がわりか、わずかに右手を挙げた半次が近くに立っていた。

「半次か。脅かすなよ」

苦笑いして、啓太郎が応じた。

そばにきて、半次が言った。

「いつもの啓太郎と違って、余裕のないつけ方をしていたな。もっとも、つけていた浪人、みるからにやっとうの達人といった様子だったが」

「半次の見立てどおりだ。動きに隙《すき》がなかった。自分の気配を消してつけていくのに精一杯で、ついてくる半次に気づかなかったよ」

「無外流皆伝の啓太郎が手を焼くほどの相手だ。おれがつけたら、気配をさとられて、ひどい目にあったかもしれないな」

「どうだろう。そのときになったら、存外、うまくいくかもしれない」

看板に目を向けて、半次が告げた。

「馬庭念流、山崎道場か。聞き込みでわかったのだが、山崎道場の主山崎軍十郎《ぐんじゅうろう》は門弟とともに、出店の貸金の取り立てを請け負っているそうだ」

「やはり、そうか。道場へ入っていった浪人は、永楽屋の裏口へ通じる横道から出てきた。親爺さんは、永楽屋のなかには、浪人が何人かいるはずだ、と言っていた。つけてきた相手は、出てきた二人目の浪人だ」

啓太郎が問いかけた。

「出店から貸金の取り立てを請け負っている者だが、ほかにもいるのか」

「土地のやくざ、不忍《しのばず》一家の親分、不忍の頑鉄《がんてつ》がそうだ。十数人ほど、子分がいるようだ」

啓太郎が、さらに問いを重ねた。

「出店を取り仕切っているのは女房のお近だったな。それとも、本店から移ってきた番頭たちか」

「違う。いま出店の主として奉公人たちを指図しているのは、二十になる久次郎の長男伊佐吉《いさきち》だ。女房のお近は目付役、次男の八十吉《やそきち》は補佐役として奉公人たちに目を光らせているそうだ」

「寮はあるのか」

「出店にはないが、永楽屋本店の寮が根岸《ねぎし》にあって、本店と出店で調整しあって使っているという話だ」

こたえた半次に啓太郎が言った。

「だいぶ頑張って聞き込んだな。感心したよ」

「そう言われると、何か照れるな」

笑みを浮かべた半次に啓太郎が告げた。

「おれは張り込みをつづける。半次は聞き込みにもどってくれ」

「わかった」

こたえた半次が引き揚げようとしたとき、山崎道場から総髪にした、凄みのある容貌の、羽織をまとった、四十半ばの長身の武士が出てきた。一歩遅れて、さきほど入っていった浪人がつづく。

総髪の武士が歩き出した。半歩後ろから浪人がしたがっていく。

その様子を見て、啓太郎が言った。

「どうやら、先に歩いていく浪人は、山崎道場の主のようだな」

「おれも、そうおもう」

こたえた半次に、啓太郎が告げた。

「ふたりをつけていく」

真顔になって、半次が声をかけた。

「相手はやっとうの心得のある奴らだ。用心しろよ」

「気をつける」

こたえた啓太郎が、山崎たちをつけるべく足を踏み出した。

七

通り抜けで張り込んでいる弥兵衛が、目を見張った。

総髪、長身で眼光鋭い武士が、先ほど横道から出てきた浪人をしたがえて、永楽屋に入って行く。

武士たちがやってきた方角へ視線を流した弥兵衛は、三軒先の御店の軒下に立つ啓太郎を見いだした。

永楽屋に武士たちが消えたのを見届けたのか、啓太郎が通り抜けへ向かって歩いてくる。

入ってくるなり、弥兵衛に告げた。

「出店の貸金の取り立てを請け負っている馬庭念流、山崎道場の連中です。山崎道場の主は、山崎軍十郎。つけていった浪人の様子からみて、総髪の武士は、山崎軍十郎だとおもわれます。山崎道場のことは、すでに半次が聞き込んでいて教えてくれました」

目を永楽屋に向けたまま、弥兵衛が応じた。

「そうか。武士のひとりは、たぶん山崎軍十郎だろう。永楽屋に北町奉行所の与力がやってきて、御内儀に会いたい、と申し入れてきた、と番頭から聞いた久次郎が山崎を呼びだしたのだ。おそらく山崎は、久次郎の揉め事の相談役も引き受けているのだろう。いよいよ久次郎たちが動きだすぞ」

「どんな手で仕掛けてくるか。面白くなってきましたね」

不敵な笑みを浮かべた啓太郎に、弥兵衛が告げた。

「暮六つになったら引き揚げよう。今夜、離れの板敷に集まって、探索でつかんだことを話し合い、今後の段取りを決めよう」

「わかりました。半次に伝えておきます」

「久次郎と山崎軍十郎、いまごろどんな話をしているか。できるものなら、忍び入って盗み聞きしたいくらいだ」

つぶやいた弥兵衛が、永楽屋を凝然と見つめた。

奥の座敷で、久次郎と山崎が膝を突き合わせて話している。

「邪魔者は早々に消してくれ」

苛々《いらいら》した口調で、久次郎が言った。

渋面をつくって、山崎がこたえる。

「いままでのようなわけにはいかぬ。先代と出店との会合を仕組んで、先代を毒殺したときや、跡を継いだ真吉を、辻斬りの仕業にみせかけて殺したときは、内々ですますことができた。が、今度は違う。相手は北町奉行所の与力だ。下手《へた》に手をだしたら、町奉行所の面子《めんつ》にかけて、とことん調べまくるだろう」

さらに苛立って、久次郎が声を高めた。

「また、その話か。三重と朝吉も人知れず始末しようともちかけたときも、同じ理由で止め立てしたぞ。三重の父親は北町奉行所の同心だ。娘が行方不明になったら、見つかるまで北町奉行所が動き回るだろう。しばらく生かしておいて、奥に閉じ込めておけばいい、とな」

眉間に縦皺をたてて、山崎が応じた。

「まさか朝吉を捨ててくるとはおもわなかったのだ。三重は、殺されてもいい、と覚悟を決めている。どこに骸《むくろ》を捨てられようと、父親が北町奉行所を動かして行方を突き止めてくれる、ともな。だから、いまは閉じ込めておけ、と言ったのだ」

「その結果がどうだ。真吉の墓参りに行く、と言って出かけたはいいが、知り合いと会い、夢中になって話し込み、朝吉を置き忘れてきたなどと、すぐわかるような嘘をついた。どこに置いてきた、と問いただしても、だんまりを決め込んで口をきかない。朝吉は生き残っている。大きくなって、おれは永楽屋本家の血筋だ。永楽屋はおれが継ぐべきだ、と証の品を持って名乗り出てきたら、永楽屋の身代を根こそぎ奪い取られるおそれが生じるのだぞ」

うむ、と唸って、山崎が黙り込む。

顔を紅潮させて、久次郎が呻くようにつぶやいた。

「おれのおっ母さんは、芸者として座敷に出ていたとき、先々代の作右衛門《さくえもん》に落籍《ひか》されて妾《めかけ》になった。作右衛門の内儀が風邪をこじらせ、若くして死んだ。そのお陰で、後妻におさまった。そのとき永楽屋には先妻が産んだ栄太郎という跡取りがいた。おっ母さんは、栄太郎を廃嫡《はいちゃく》し、おれを跡取りにしようと画策した。その動きを察知した作右衛門は、おれが十二になったとき、黒門町に出店をつくり、出店の仕切り役を務めてくれ、と厭《いや》がるおっ母さんとおれを追い払った」

うんざりしたように、山崎が吐き捨てた。

「その話は何度も聞いた。御家人の次男だったおれと久さんは、悪ガキ仲間だったからな。馬庭念流の剣術の修行におれが精を出したのも、仲間内でいい顔になり、いずれ上野界隈の裏渡世を取り仕切る男になりたかったからだ。久さんが、本家を乗っ取ろうなどと、余計なことを始めなければ、お互い、それなりにうまくいっていたんじゃないのか」

睨《ね》めつけて、久次郎がことばを吐き出した。

「おっ母さんは出店に移ってから毎日のように言いつづけた。『ていのいい島流しにあった。あの人は、作右衛門の奴はあたしと久次郎、おまえを捨てたんだ。呪い殺してやりたい』とな。いまでもふとしたときに、おっ母さんの陰鬱《いんうつ》な声が耳に甦ってくる」

「過ぎたことだ。もういいだろう」

ため息まじりに言った山崎を見据えて、久次郎が低く吠《ほ》えた。

「おれはもうすぐ五十になる。動きだすのが遅すぎた。嫁をもらった真吉に朝吉という子ができた。そのとき、決心したのだ。真吉が商人として一人前になる前にやらなければ望みは果たせない。いずれ真吉の跡を朝吉が継ぐ。おれは追い出された妾の子のまま、死んでいくしかない。悔しい。無念だ。だから」

ことばを遮るように、山崎が声を高めた。

「もういい。聞き飽きた。おれが、久さんととことん付き合うと決めたわけは、貧乏御家人の次男坊で、冷や飯食いになるしかないおれの望むがままに、小遣いをくれたからだ。その金でおれは、馬庭念流の道場に通えた。やくざの用心棒稼業で食っていたおれに、道場を開かせてくれた。恩に着ている。だから、言われるがままに殺しも、無慈悲な取り立ても引き受けた。が、こんどは違う」

「どう違うんだ。わけを言ってくれ。おれにもわかるようにな」

見つめて、山崎が告げた。

「北町奉行所が動いて、栄太郎と真吉を殺したのは、おれたちが企んでやったことだと判明したら、どうなると思う。永楽屋は本店、出店とも闕所になるぞ。全財産を御上に没収された上、死罪になるかもしれぬ」

「闕所だと。そいつは大変だ」

顔色を変えた久次郎が、大きく息を吐いて問いかけた。

「どうすればいいんだ。何かいい手はないか」

「ない」

にべもなく言い切った山崎に、久次郎が迫った。

「昔っから、喧嘩や悪さが過ぎたときには、軍十郎が知恵を絞り出して言い訳をし、すり抜けてきたじゃないか。今度も頼むよ」

おもいっきり渋い顔をして、山崎がこたえた。

「何度も言っているだろう。三重に見張りをつけて奥に閉じ込め、時をかけて、ほとぼりをさます。その間に朝吉を捜し出し、連れ戻す。その後、三重はこころを病んでいるので療養しなければならない。朝吉には、まだ母が必要だ、と理由をつけ、ふたりとも寮に押し込め、折りをみて殺す。それしかおもいつかぬ」

「いまできることは、朝吉を捜すことぐらいか。どうしよう」

酷薄な笑みを浮かべて、山崎が告げた。

「おれたちは三重のことを。よく知らぬ。まず三重が嫁入りする前にどんな暮らしをしていたか調べよう」

「どうしたらいい」

「三重の親たちから聞きだそう。三重の親に毎月、それなりの金が渡されていたことは、帳面を調べてわかっている。そろそろ金を渡してやったらどうだ。おためごかしに久さんが、八丁堀にある三重の親の屋敷を訪ねて、『三重が病で臥せっているので私がきた。月々のものを、受け取ってもらいたい』と声をかけ、四方山《よもやま》話をしながら三重の昔のことを聞き出すのだ」

「わかった。やってみよう。いますぐ向かってもいい」

「明朝、店を開ける前に行け。道場からここへくるときにつけてくる者がいた。菊《きく》池《ち》も、おれを呼び出すために道場へくる間、つけられていたと言っていた。数日前から、店は見張られているそうだ。手代のひとりが、三重を訪ねてきた北の与力に呼び止められ、いろいろ聞かれたという話も聞いている」

「そのことは、おれも聞いている。気をつけなきゃいけないな」

自分に言い聞かせるように、久次郎がつぶやいた。

「三重の親にあうときは、おれも同座しよう」

「そうしてくれ。何かと心強い」

「昔から、そうだった。これからも、助け合おう」

「頼りにしているぞ」

顔を見合わせたふたりが、ふてぶてしい薄ら笑いを浮かべた。

第六章　駆け引き合戦

一

夜、離れで弥兵衛、紀一郎、啓太郎と半次が車座になっている。

まず弥兵衛が、返済が滞《とどこお》った客から金を取り立てる仕事を請け負っている、出店出入りの山崎道場の主、山崎軍十郎が永楽屋にやってきたこと、暮六つ（午後六時）まで張り込んだが、山崎は出てこなかったことなどを一同に伝えた。

つづいて紀一郎が、永楽屋に乗り込み、三重に会いたいと申し入れたが、三重が病に臥《ふ》せっていることを理由に断られたこと、その後、北町奉行所へ向かったが永楽屋を出たところから浪人に尾行されたこと、年番方与力中山甚右衛門に、永楽屋の探索に専念したい、と申し入れ、許しを得たことを告げたとき……。

弥兵衛が割って入った。

「それはよかった。これで此度《こたび》の一件の探索に集中できるな」

うなずいて、紀一郎が再び話し始めた。

変事が相次ぐ永楽屋にたいし、北町奉行所が探索に乗り出した結果、先代、跡継ぎの相次ぐ死が、内紛によるものだと判明したら、闕所《けっしょ》になるおそれがある、と中山が言っていたと伝えると、啓太郎が口をはさんだ。

「闕所ですって。そりゃ大変だ。闕所になったら、全財産、御上に没収され、主はもちろんのこと、家族も巻き添えを食って、よくて追放、下手すりゃ島流しにされますぜ」

厳しい顔で、紀一郎が声を高めた。

「そうだ。そんなことにならないように動かねばならない。永楽屋を闕所の憂き目にあわせないためには、探索に北町奉行所をかかわらせない。われわれだけで一件を落着させる。それしか手立てはない」

覚悟を決めて、一同が強く顎《あご》を引いた。

啓太郎は、永楽屋の裏口に通じる横道から出てきた浪人を尾行し、馬庭念流山崎道場に行き着いたこと、出店にかかわる聞き込みをつづけていた半次と合流し、山崎道場や主の山崎軍十郎について、教えてもらったことなどを報告した。

半次は、出店を久次郎の内儀お近と二十になる長男の伊佐吉、二つ違いの次男八十吉が仕切っていること、返済が滞った借主にたいする取り立ては強硬で、山崎道場と土地のやくざ不忍の頑鉄率いる不忍一家が請け負っていること、永楽屋の寮が根岸にあることなど、聞き込みでつかんだ結果を話しつづけた。

一同の報告が終わったのを見計らって、弥兵衛が下知する。

「明日の探索の段取りを決めよう。紀一郎と半次は、出店を張り込んでくれ。わしと啓太郎は、山崎道場に乗り込んで賭け勝負を仕掛ける。一両をかけて、わしが門弟たちと勝負する。わしが負けたら一両を門弟に渡す。わしが勝ったら、ただで剣術を教えてもらう、という触れ込みで仕掛ける。山崎道場の門弟の数をできるだけ減らしておきたい。後々のためになな」

心配そうに紀一郎が身を乗り出した。

「あまりにも危なすぎる。父上、思いとどまってください」

顔を紀一郎に向けて、弥兵衛が応じた。

「心配ない。強そうな連中がそろっていたら、最初に勝負した相手にわざと負けて、一両渡して帰ってくる」

「必ずそうしてください」

振り向いて、紀一郎がことばを重ねた。

「啓太郎、父上がおれとの約束を破らないように、しっかりと見張ってくれ」

「わかりました」

話が終わったのを見届けて、弥兵衛が口を開いた。

「紀一郎は出店に乗り込み、永楽屋でやったように、三重に会いたい、と申し入れるのだ。永楽屋にいる久次郎に、すぐ紀一郎がきたことを知らせる使いが走るだろう。半次は使いをつける。紀一郎は、出店を出たら、その足で永楽屋へ向かい張り込んでくれ」

無言で紀一郎が顎を引いた。

半次が問いかける。

「使いが永楽屋に着いたのを見届けたら、あっしはそのまま紀一郎さんと一緒に張り込めばいいんですね」

「そうだ。紀一郎が出店に顔を出したことで、北町奉行所が永楽屋に変事がつづいていることを知り、探索を始めた。三重が何らかの事情を知っていると推測して、その行方を追っている、と久次郎たちは勘繰《かんぐ》るはずだ。永楽屋に三重を閉じ込めていたとしたら、ほかの場所へ移すかもしれない」

半次が声を上げた。

「移すところは、根岸の寮ですかね」

「わからぬ。移したとみせかけて、いま閉じ込めているところに、そのまま置いておくという手もある」

一同が、黙然とうなずいたとき、けたたましい朝吉の泣き声が聞こえてきた。

「いかん。あの声は、あやし方が気にいらないときの泣き方だ。お松やお加代は寝ている。朝が早いふたりだ。起こすわけにはいかん。合議は、これにてお開きにしよう」

告げて、弥兵衛が腰を浮かせた。

千春から朝吉を抱き取った弥兵衛が、あやしながら庭をゆっくりと歩いている。

ご機嫌なのか、朝吉が楽しそうな笑い声をあげた。

式台の柱の陰に身を置いた千春と紀一郎が、弥兵衛と朝吉を見つめている。

心配そうに千春が言った。

「お義父さまの躰《からだ》は大丈夫でしょうか。だいぶ無理をされているようですが」

「心配だが、何事もやりだしたら止まらない頑固な父上だ。それに加えて、朝吉を可愛がっている。見守るしかない」

黙ってうなずいた千春が、弥兵衛と朝吉に目を注いだ。

二

突然の、それも早朝七つ（午前四時）過ぎの、まさしく朝飯前の訪いだった。

やってきたのは永楽屋を取り仕切っている久次郎と、

〈稼業柄、恨《うら》みを買うことが多いので、用心のために付き添っている〉

という触れ込みの、馬庭念流山崎道場の主、山崎軍十郎だった。

屋敷の前に、ふたりが乗ってきた宝泉寺《ほうせんじ》駕籠《かご》が置かれている。駕籠のそばには駕籠舁《か》き四人のほかに、山崎道場の門弟とおもわれる、いかにも屈強そうなふたりが立っていた。

主の宮田伴次郎は、武士として、精一杯の威厳を保ちながら、ふたりを迎え入れた。

客間で、上座を横にみるように向かい合って座る。

不浄役人と、身分の高い武士たちからは卑下《ひげ》されている町奉行所同心だが、れっきとした武士であった。

上座に位置して当然の立場にある宮田が、上下の区別がつけられぬ場所に座ったのにはわけがあった。

娘の三重が嫁いだときから、月々三十両の金が永楽屋より届けられていた。渡す名目はとくにつけられていなかった。そのことが宮田に、

(縁を結んだ女の実家に、貧しい暮らしをさせるわけにはいかない、という真吉の心遣い。ありがたいことだ)

と恩に着る気持を抱かせていた。

その金が、二カ月前に真吉が変死してから途絶えている。

声をかけられ、木戸門をあけに出て行った妻の良乃が、もどってくるなり目を輝かせて、声をかけてきた。

「いま永楽屋を取り仕切っていらっしゃる久次郎さんが、わざわざ足を運んでくださったのですよ。客間にお通ししました」

弾んだ声だった。その声が、まだ宮田の耳に残っている。

久次郎は丸顔で、特徴はないが目鼻立ちに難のない、丸い目に愛嬌《あいきょう》のある、中背で小肥りの男だった。

笑みをたたえて、久次郎が話しかけてきた。

「四カ月前に兄の栄太郎が亡くなり、その二カ月後に跡を継いだ真吉が辻斬りに命を奪われました。私は十二歳のときに、永楽屋先々代のお父っつぁんが黒門町に出してくれた、出店の主人として本家を離れました。出店の商いは順調で、取引先も増えてきて、これから一頑張りとおもっていましたが、とんだ災難続きで本家にもどらざるをえなくなりました」

懐《ふところ》に手を入れ、袱紗《ふくさ》包みを取り出して、久次郎がことばを重ねた。

「三重から昨日、聞きました。約束のものが滞っているのではないか、と心配しておりましたので、調べたところ、三重の言うとおりでございました。忙しさにかまけての当方のしくじり。急ぎ手配しなければなるまい、とおもって、挨拶を兼ねて、月々のものをお届けにまいりました。お納めください」

袱紗包みを宮田の前に置き、袱紗をめくった。

なかに封をした小判の山が二つならべて置いてある。

見やった宮田が、驚きの声を上げ、久次郎に問うた。

「五十両も。いつもより多いのでは」

申し訳なさそうな顔をして、久次郎が応じた。

「いえ、これは三月分です。少なくて恐縮ですが、何かと取り込んでおりまして、これでご勘弁願います。本来なら三重が同行して、事情を話さなければならぬのですが、あいにく病で臥せっておりまして」

「三重が病に。だいぶ悪いのですか」

「いえ、それほどでも。診《み》てもらった医者によると、心労からきた気鬱《きうつ》の病。治癒するには、時が必要だと言っておりました」

ため息をつき、さも同情した様子で、久次郎がつづけた。

「短い間に不幸が重なりました。無理もないかと」

身を乗りだして、宮田が訊いた。

「見舞いに行きたいのですが」

きっぱりとした口調で、久次郎が告げた。

「医者から、このままひとりで、誰にもわずらわされることなく過ごさせるのが一番の療養です。そのこと、必ず守ってください、ときつく言われております。わかっていただきたい」

畳に目を落として、宮田がつぶやいた。

「そうですか。いたしかたない。見舞いはあきらめよう」

姿勢を正して、久次郎が口を開いた。

「今日伺ったのは、お願いしたいこともあるからです」

「願い？」

問い返した宮田を見つめて、久次郎が言った。

「これも医者から忠告されたのですが、三重が昔の話をしたときは、相槌《あいづち》を打つだではなく、話にうまくこたえてやると病の回復が早まる。三重から話しかけられたときは、できるだけそうしてほしい、と言っておりました。が、残念ながら」

ことばをきり、ことさらに深刻な顔をして、ことばを継いだ。

「私は、三重の昔のことを、まったく知らない。話の相手になってやりたくとも、どんなことを話していいかわからないのです。差し支えなければ、今日は、おもいつくがままに、三重の嫁にくる前の話を聞かせてほしいのです」

首を傾げて、宮田が独り言ちた。

「そういわれても、どんなことから話せばいいのか、すぐにはおもいだせぬが」

思案した様子で、目を泳がせた宮田を探る目で久次郎が見つめている。

悪意のこもった鋭い眼差しだった。

突然、隣に座っていた山崎が、咳払いをした。

気になったのか、久次郎が、ちらり、と横目で山崎を見やる。

小難しい顔をしていた山崎が、唇の両端をつり上げ、大げさに微笑みを浮かべてみせた。

瞬《まばた》きをする。

その瞬間、はっと気づいて、久次郎が目を閉じた。

間を置くことなく目を開け、久次郎が微笑みをつくる。

優しげな顔にもどった久次郎に、山崎が、うむ、と小さくうなずいた。

のぞき込むようにした久次郎が、宮田に優しく話しかける。

「そう難しく考えないでください。たとえば、三重が親しくしていた人や、信頼していた人がいたかどうか。言いにくいでしょうが、どこぞへ働きに出たことがあったかどうか。そのあたりの話から始めませんか」

「そうですね。三重は一時期、上役の屋敷で、家事万端を手伝ったことがありました」

「そのあたりの経緯《けいい》を、詳しく話してもらえませんか」

「妻と一緒に通っておりましたので、私より妻のほうがくわしいでしょう。妻を呼んでまいります」

置いてあった小判を袱紗でくるみ、手にとって宮田が立ち上がった。

部屋から出て行く。

見届けた久次郎と山崎が、狡猾《こうかつ》な本性を剝《む》き出した薄ら笑いを浮かべて、顔を見合わせた。

三

黒門町にある出店へ向かって、紀一郎と半次は歩をすすめていた。

出店の表をのぞむことができる辻で、ふたりは足を止める。

顔を半次に向けて、紀一郎が告げた。

「このあたりで張り込んでいてくれ」

「紀一郎さんが出てくる前に、永楽屋へ知らせに走る奉公人が出てきたら、どうしましょうか」

「おれにかまわずつけてくれ。出店での一芝居が終わったら、おれも永楽屋へ向かう。つけていった奉公人が永楽屋に入るのを見届けたら、見張りやすい場所を見つけて張り込んでくれ。合流する」

「そうします」

応じた半次に笑みを向けて、紀一郎が足を踏み出した。


町家の陰に身を潜めた半次が、出店に入っていく紀一郎を見つめている。

出店に足を踏み入れた紀一郎を、奉公人たちが一斉に振り向いた。無関心を装って、すぐに顔を背ける。

十手を腰に帯び、袴《はかま》をはいて羽織をまとった紀一郎の出で立ちは、一目見ただけで、町奉行所の与力だとわかる。

(できれば関わりを持ちたくない相手)

そうおもっているのは、明らかだった。

畳敷きに設けられた帳場へ、紀一郎は歩み寄った。

机に向かい、算盤《そろばん》を弾《はじ》いている番頭に声をかける。

「訊きたいことがある。ここへきてくれ」

畳敷きの上がり端を指で示した。

帳場の番頭ではないが、近くにいた五十そこそことおもわれる番頭が、紀一郎の前にきて座った。

馬鹿丁寧に頭を下げた後、顔を上げて口を開いた。

「一番番頭の利助《りすけ》でございます。何なりとお訊きくださいませ」

「三重さん、いやお内儀さんに会いたいのだ」

訝しげな顔をして、利助がこたえた。

「三重さんは、永楽屋のお内儀さんです。出店にはおられません」

首を傾げて、紀一郎が言った。

「おかしいな。先日、永楽屋を訪ねたのだが、お内儀さんはいない、と言っていた」

「それは、何かの間違いなのでは。三重お内儀さんは出店には一度も顔を出されたことがありません」

狐につままれたような様子で、番頭が応じた。

「利助さんの様子からみて、ほんとうにいないようだな」

独り言ちた紀一郎が、ことばを重ねた。

「用があるので三重さんに会いたい。おれは北町奉行所の与力松浦紀一郎。お内儀さんとは昔なじみだ。みょうな噂を耳にした。気になったのでやってきた」

「みょうな噂とは」

不安になったのか、番頭が訊いてきた。

「そうよな」

言っていいかどうか、迷っているようなふりをして首をひねった紀一郎が、蔵《くら》に通じる通路と店の境へ、目を走らせた。

利助と話し始めた頃から、紀一郎の様子を窺《うかが》っている気配を感じていた。その気配を発している場所はどこか、たしかめるためにさりげなく首をひねったのだった。

店と通路の境にある柱のそばに、手代がひとり立っていた。

(久次郎は、出店へ移した奉公人たちを見張り、異変があったら知らせにくる役目を担う手代を残していたのか。父上がおれを出店に行かせたのは、そのことをたしかめるためでもあったのだ)

紀一郎は、こころのなかでそうつぶやいていた。

黙したまま、利助が紀一郎を見つめている。

「心配するな。手間をとらせたな」

にべもない紀一郎の物言いだった。

利助に背中を向ける。

躰の向きを変えながら、紀一郎は店と通路の境へ、再び視線を走らせた。

目の端で、奥へ消えていく手代の後ろ姿をとらえていた。


出店から出てきた紀一郎は、数歩すすんだところで立ち止まり、半次の姿を求めて、ぐるりを見渡した。

どこにもいなかった。

（手代をつけていったのかもしれぬ）

そう判じて、永楽屋へ向かうべく紀一郎は歩き出した。

四

道場というより、大きめのしもた屋といった造りの表戸の脇に、
〈馬庭念流　山崎道場〉
と墨書された看板が掲げてあった。

仕込み杖を手にした弥兵衛と啓太郎が、看板を見上げて立っている。

「何が起きるかわからぬ。いつでも匕首《あいくち》を引き抜けるようにしておいたほうがいい」

懐に右手を入れて匕首の具合をたしかめ、啓太郎が応じた。

「用意万端ととのっています」

「乗り込もう」

声をかけた弥兵衛に啓太郎が、

「山崎道場の門弟たちの腕前のほど、どんなものか楽しみですね」

不敵な笑いを浮かべた。

銭入れから取り出した一両を、弥兵衛が道場の床に置く。

対峙《たいじ》して立つ、巨漢で髭面の門弟が、一両を見やってほくそ笑んだ。

壁際に居ならぶ門弟たちに、声をかけた。

「爺《じい》さん、どうやら本気らしい。どうする。賭け試合の申し入れ、受けるか」

「おもしろい。引き受けよう」

「一両儲《もう》かる。うまいものでも食おう」

相次いで門弟たちが声を上げる。

門弟たちと向かい合い、壁際に座っていた啓太郎が、小馬鹿にしたように鼻先でせせら笑った。

見咎《みとが》めた吊り目の門弟が、声を荒らげる。

「そこな町人。何がおかしい」

首をすくめた啓太郎が、脇に置いてある仕込み杖を手にとった。

道場のなかほどに立っていた弥兵衛が、声をかける。

「啓太郎さん、先生方は勝負を受けてくれる気になっている。ありがたくおもわなきゃ」

「気をつけます」

頭を下げた啓太郎が、持っていた仕込み杖を傍《かたわ》らに置く。

「それでいい」

笑みをたたえた弥兵衛が、髭面に向き直った。

「さっき一両儲かる、との声が上がりましたが、私が渡す金は一両ではございません。勝負ごとに一両、お渡しするということです」

「ほんとか」

「たんまり酒が呑める」

「ここには十人いる。十両になるぞ」

顔を見合って、門弟たちがざわめく。

静まったのを見計らって、弥兵衛が念を押す。

「私が勝ったら、向こう一月、ただで稽古《けいこ》相手になってくれるという約束、間違いないですね」

胸を張って、髭面がこたえた。

「武士に二言はない」

「もうひとつ、お願いがあります。勝負は木刀でお願いします。時々、木刀の素振りをやっています。竹刀より木刀のほうが慣れておりますので」

「怪我《けが》してもしらんぞ」

「年寄の冷や水、後悔するぞ」

「覚悟しろ」

せせら笑って、門弟たちがはやし立てる。

髭面が応じる。

「よかろう。木刀での勝負、受けよう。審判は、おれがやる」

「そうこなくては。木刀を選ばせてもらいます」

壁際にしつらえた刀架に懸かっている、木刀数本のうちの一本を手に取った弥兵衛が、軽く振ってみる。

「これでよし」

つぶやいて、髭面に告げる。

「始めましょう。相手になってくださるのはどなたですか」

門弟たちに弥兵衛が視線を流す。

末席に座る獅子鼻《ししばな》の門弟が立ち上がった。

「おれが相手になる」

木刀を手に取り、歩み出る。

木刀を右手に提《さ》げた弥兵衛と対峙して、門弟が正眼に構える。

「始め」

髭面が声をかけた。

気合いを発して、門弟が突きかかる。

左に跳《と》んだ弥兵衛が、振り上げた木刀を振り下ろす。

その一撃が、門弟の右肘に炸裂した。

鈍い音がして、転倒した男が右肘を押さえて激痛にのたうつ。

だらり、と力なく右腕が垂れている。骨が折れているのだろう。

迅速極まる弥兵衛の動きに、驚愕し瞠目した髭面があわてて告げる。

「ご隠居の勝ち」

門弟たちに目を向けて、怒鳴る。

「この未熟者をかたづけろ。道場の隅に置いておけ」

門弟たちが、肘を折られた門弟を抱え上げ、道場の隅へ運ぶ。

吊り目の門弟が、刀架から木刀をとって、弥兵衛を睨みつけた。

「今度はおれだ。一両、もらった」

声をかけるなり、大上段に振りかぶって打ちかかる。

片膝を突き、身を低くした弥兵衛が、吊り目の臑《すね》に狙いすまして横に振った木刀を叩きつける。

獅子鼻のときより、遙かに大きい、くぐもった音が響いた。

臑の骨が折れたのか、吊り目がその場にひっくり返った。

躰を丸めて呻く。吊り目の両足はびくりとも動かない。

「ご隠居」

弥兵衛へ向かって手を上げ、腹立たしげに髭面が勝者を告げた。

「さすが、親爺《おやじ》さん。鮮やかなもんだ」

高ぶる気分を抑えかねて、啓太郎が拳《こぶし》を振り上げる。

道場のあちこちに腕、肩、手首を押さえて苦悶《くもん》し呻く、門弟たちが横たわっている。

そのなかで、髭面と弥兵衛がともに正眼に構えて睨み合っている。

裂帛《れっぱく》の気合いを発して、打ちかかった木刀を弥兵衛が受け止める。

鍔《つば》迫り合いになった。

体重をかけて、小柄な弥兵衛に覆《おお》い被《かぶ》さるようにして髭面がのしかかる。

耐えきれず、海老《えび》反りになった弥兵衛が、自ら後ろに倒れこんだ。

鍔迫り合いの形のまま前のめりになった髭面が、弥兵衛に乗りかかった瞬間、突然、ぐえっ、と大きな呻き声を発して脇に崩れ落ちた。

木刀を放り投げ、股間を抑えて髭面が転げ回る。

起き上がった弥兵衛に駆け寄った啓太郎が、狐につままれたような顔をして問いかけた。

「いったい、どうなってるんで」

「後ろへ転がったとき、髭の一物を思いっきり蹴っ飛ばしたんだ」

自分が急所を蹴られた気分になって、啓太郎が顔を歪《ゆが》めた。

「そりゃ大変だ。苦しいことこの上ない。気の毒に」

木刀を握り直して、弥兵衛が言った。

「気の毒なのは、これからだ」

「どういうことで」

訊いた啓太郎が、目を見張った。

振り上げた木刀を、髭面の足首めがけて叩きつける。

骨が砕ける音と、髭面が悲鳴を上げるのが同時だった。

脂汗《あぶら》を流しながら、あまりの痛みに髭面が喘《あえ》ぎつづける。

「これでいい。十人とも、当分の間、剣をとって戦うのは無理だろう」

「たしかに」

激痛に苦しみもがく髭面や門弟たちに、啓太郎が視線を走らせた。

道場から出たところで、弥兵衛が啓太郎に話しかけた。

「遊び人仲間に聞き込みをかけ、不忍一家の賭場がどこにあるか突き止めて、いつ開帳しているか調べてきてくれ」

「これから心当たりにあたってきます」

こたえた啓太郎に、弥兵衛が告げた。

「できるだけ早く、頼む」

「そのつもりで」

応じて啓太郎が弥兵衛に背中を向けた。

足早に歩き去って行く。

しばし見送った弥兵衛が、

「調べたいことがある。北町奉行所へ急ぐか」

独り言ちて、歩を踏み出した。


腰掛茶屋に寄らずに、弥兵衛はまっすぐ北町奉行所へ向かった。

顔見知りの門番に歩み寄り、声をかける。

「例繰方同心の宮田に用がある。取り次いでくれ。このとおり、茶屋の親爺の恰好。奉行所のなかに入るのは、さすがにはばかられる」

「手配してまいります」

応じた門番が、なかに消えた。

当番所の戸が開けられ、門番が小者と何やら話している。

もどってきた門番が、弥兵衛に告げた。

「小者に、松浦さまがこられたので、宮田さんを表門まで連れてきてくれるように頼みました。暫時《ざんじ》、お待ちください」

「手間をかけたな」

笑みを向けた弥兵衛に、門番が微笑みでこたえた。


ほどなくして宮田がやってきた。話しかけてくる。

「松浦さんに相談したいことがあるのでお会いしたい、とつたえてくれ、と奉行所に入る前に茶屋へ立ち寄って、お松さんに頼んだのですが、さっそく顔を出していただいて恐縮です」

「いや。お松とは会っていない。実は、頼み事があってきたのだ」

「頼み事?　何でしょうか」

訊き返してきた宮田に、弥兵衛が告げた。

「わしの頼み事を話す前に、宮田の相談事を聞かせてくれ」

「今日早朝に、永楽屋を取り仕切っている久次郎と、用心棒とおぼしき山崎という浪人が拙宅《せったく》にやってきました。ふたりが帰った後、よく考えてみたら、四方山話《よもやまばなし》にかまけて、いやに三重の昔のことを聞きたがったので、不審におもって、松浦さんに相談してみよう、とおもい立ったのです」

「久次郎がきたか。実は、わしは三重にかかわりがありそうな事件を、探索しているのだ」

　驚愕が宮田を襲った。

「久次郎たちは、三重のことを調べにきたのでしょうか」

　訊いてきた宮田に弥兵衛は、紀一郎を永楽屋へ行かせて、三重に会いたい、と申し入れさせたこと、病に臥せっているので会いたくない、と三重さんが言っているという理由で断られたことなどを話して聞かせた。

「三重の病のことは、久次郎さんも口にしていました。心労が重なったことがもとの、気鬱の病だと」

　今度は弥兵衛が驚く番だった。

「まことか」

おもわず声を高めていた。

首を傾げて、黙り込む。

次のことばを待って、宮田が弥兵衛を凝視した。

顔を上げて、弥兵衛が告げた。

「永楽屋に内紛が起きているようだ」

「内紛が？」

じっと見つめて、弥兵衛が口を開いた。

「わしの頼み事とは、例繰方の書庫で、闕所になった事件と、闕所になりかかったが免《まぬか》れた事件を調べてほしいのだ。捕物帳のほかに、極秘扱いの御仕置裁許帳にもあたってくれ」

不安を隠そうともせず、宮田が問いかける。

「永楽屋で、闕所になるおそれがある揉め事が起きているのですか」

「そうならぬように動いているのだ。早急に調べてくれるか。できれば、当てはまる事件を手短にまとめた覚えを作って、今夜にでも、屋敷の離れに届けてほしい」

「依頼された一件、すぐに仕掛かり、今夜、御屋敷にうかがいます」

「待っている」

応じて、弥兵衛が宮田に背中を向けた。

弥兵衛は、これから永楽屋の寮がある、根岸へ向かうと決めていた。寮がどこにあるか、その周囲がどうなっているか、地の利など諸々調べるつもりでいる。

〈そろそろ久次郎や山崎のもとに、道場の留守を守っていた門弟たちが、賭け試合を申し入れてきた老爺《ろうや》に、手足の骨を折られ、しばらく使い物にならないことが伝えられているはずだ。久次郎たちが、どんな策を巡らして反撃してくるか。この戦い、負けるわけにはいかぬ〉

思案を深めながら、弥兵衛は早足ですすんでいった。

五

「何だと、出店にも北町奉行所の与力松浦紀一郎がやってきて、三重に会いたい、と申し入れてきたというのか」

声を高めた久次郎に、手代が身をすくめた。

永楽屋の一室で、上座に座る久次郎と、その斜め脇に控えた山崎が、異変を知らせにきた手代の報告を受けている。

山崎が訊いた。

「与力は、三重がいない、と聞いたら、すぐに引き揚げたのだな」

「そうです」

「連れはいなかったか」

問いを重ねた山崎に、手代がこたえた。

「いません。ひとりでした」

口をはさんで久次郎が告げた。

「ほかに話がないなら、出店へもどれ」

「それではこれで」

頭を下げて、手代が立ち上がった。

部屋から出て行く。

「菊池です」

声をかけて、入れ違いに菊池が入ってきた。久次郎たちが宮田の屋敷を訪ねたとき、付き添っていた浪人のひとりだった。

菊池は、横川《よこかわ》とともに宮田をつけるようにと、山崎から命じられていた。久次郎と山崎が引き揚げた後も近くに身を潜めて、屋敷を見張りつづけた。

出仕の仕度をととのえた宮田が、屋敷から出てきた。

つけていったふたりは、宮田が北町奉行所の前にある腰掛茶屋に立ち寄り、茶屋を仕切っているとおもわれる女と、親しげに立ち話をした。ふたりの様子からみて、身分を超えた付き合いであることが推察できた。話し終えた宮田は、北町奉行所に入って行った。

わざわざ宮田が腰掛茶屋に立ち寄ったことに、横川と菊池は不審を抱き、そのことを山崎に報告した。

聞くなり、山崎は下知した。

「日頃から銭を握らせて手なずけている岡っ引きたちに聞き込みをかけ、腰掛茶屋について、とことん調べてこい。今日のうちに結果を知らせるのだ」

茶屋の調べに手間はかからなかった。

ふたりめに聞き込みをかけた、下谷《したや》を縄張りとする獅子頭の梅造《うめぞう》という岡っ引きが、出入りしている名主から、北町奉行所前にある腰掛茶屋の主人の噂を聞いていた。

話の途中だったが、

「先生は、できるだけ早く報告してくれ、と仰有《おっしゃ》っていた。いままで聞いた話でもさしあたっての対策を練るには十分だろう。菊池、先にもどって、とりあえずの報告をしてくれ。おれは残って、もう少し、話を聞く」

と横川が言い出し、菊池が永楽屋にもどってきたのだった。


ふたりが聞き込んできた、あらかたの話を聞いて、山崎が驚きの声を上げた。

「宮田が立ち寄った、北町奉行所前にある腰掛茶屋の主人は、北町奉行所の元与力だというのか」

おもわず山崎が久次郎と顔を見合わせた。

菊池が口を開く。

「与力としての名は、松浦弥兵衛」

山崎が問いかけた。

「松浦弥兵衛だと。永楽屋と出店にやってきた与力の名は松浦紀一郎だ。ふたりにつながりがあるのか」

「父子です」

「父子だと」

甲高い声を上げて、久次郎が山崎を見た。

眉間に縦皺を寄せた山崎が、呻くように独り言ちた。

「こいつは大変だ」

聞き咎めて、久次郎が訊く。

「何が大変なんだ」

厳しい顔で、山崎が久次郎を見据えた。

「久さん、今度の喧嘩相手は、いままでとは違うぞ。悪さを仕掛けたら、倍返しでやり返してくる奴らだ。これまでは町の悪仲間や、脅せばいいなりになる奴らばかりだった。今度の相手は、いままでとは桁《けた》違いの敵だ」

探る目で見据えて、久次郎が言った。

「何をそんなにおそれているんだ。不忍の頑鉄一家のように、裏で町を牛耳《ぎゅうじ》っている奴らでも、ふたりで知恵を絞り、動きまわって手下にしてきたじゃないか。今度も、同じだよ」

見つめ返して、山崎が告げた。

「余計な心配をするだろうとおもって言わなかったが、もっと驚くことがある。先ほど道場から使いがきた。道場の留守を守っていた門弟十人が、小柄で貧相な町人の隠居爺《じじい》に、わしに勝ったら一両やる、と申し入れられた。欲にかられた門弟たちは、喜んで賭け試合をやることにしたそうだ。やったはいいが、十人とも木刀で手足の骨を折られ、砕かれた。当分の間、使いものにならなくなった。菊池ら腕達者の五人を、三重の見張りにつけていたのが失敗だった」

驚愕し、息を呑んだ久次郎が、激して声高にわめいた。

「何だ、やられっぱなしか。邪魔者を葬《ほうむ》り去る、いい手はないのか」

怒りに、握りしめた拳を震わせている久次郎から菊池に視線を移して、山崎が訊いた。

「北町奉行所前の腰掛茶屋に見張りをつけているのか」

「手島《てじま》と岡野《おかの》を差し向けました。そろそろ張り込んでいるはず」

「三重の見張りは長倉《ながくら》ひとりで大丈夫だろう。だいぶおとなしくなったからな」

「そのうち、横川がもどってきます。まず心配ないかと」

応じた菊池に、山崎が告げた。

「これから腰掛茶屋へ走り、手島や岡野とともに張り込むのだ。茶屋を閉め、出てきた茶屋の連中がどこへもどるかつけていき、住処《すみか》をつきとめろ。聞き込みができるようだったら、聞き込みをかけてこい」

「承知しました。出かけます」

大刀を手に、菊池が立ち上がった。

部屋から出て行く。

見届けて、山崎が久次郎を見つめた。

「久さん、下手に動くと取り返しのつかないことになるぞ。宮田は、北町奉行所に出仕する前に腰掛茶屋を訪ねている。宮田と松浦父子は深いかかわりがあるのだ。宮田は、上役から頼まれて、三重と妻は、その屋の家事万端を手伝いにいっていたと話していた。上役の名は聞き出せなかったが、松浦弥兵衛ということもありうる。となると、うかつに三重を始末するわけにはいかぬ」

首をひねって久次郎がつぶやいた。

「そういえば、永楽屋を見張っている町人のひとりに、風采《ふうさい》の上がらぬ小柄な老爺がまじっていると聞いたが、そいつはまさか」

「松浦弥兵衛かもしれぬな」

つぶやいた山崎が、久次郎を見据えた。

「久さん、慎重すぎるくらいに慎重にいこう。今度の喧嘩の相手は手強い。この敵を倒したら、次は御上が喧嘩相手として出てくるかもしれぬ」

「そうなると勝ち目はないな。軍十郎、よい知恵を絞り出してくれ。頼りにしているぞ」

厳しい顔をして、山崎が応じた。

「おれはしょせん貧乏御家人の次男坊。どれほどの知恵がでるかわからぬが、力を振り絞ってやってみるよ」

奥歯を嚙みしめて、空を見据えた。

六

茶屋を閉めて、お松とお加代が帰途についた。見え隠れに菊池と岡野、手島がつけていく。

「八丁堀に入って、だいぶきたぞ。どこへ行くのだろう」

手島が首を傾げ、岡野がぼやいた。

「先生は、聞き込みをかけてこい、と言われたそうだが、武家屋敷が連なっている一画。人通りもない。聞き込みなどできそうもない」

先頭を行く菊池が、顔を突き出して前方を見つめた。

「この先は、町奉行所与力の屋敷が建ちならぶ一帯だ。松浦紀一郎の屋敷が住処ということもありうる。そうだったら、下手に手出しはできぬ」

つぶやいて、歩を移した。


屋敷の表門にしつらえられた潜り口をくぐって、お松たちが入っていった。

見張ることができる屋敷の、塀の陰に身を隠した菊池たちが、なかへ消えるふたりに目を注いでいる。

岡野たちを振り向いて、菊池が話しかけた。

「与力の屋敷に住んでいるとは、おもいもしなかった。これでは手も足も出ぬな」

渋面をつくって、岡野と手島が顎を引く。

「近寄って、まわりの様子をあらためよう」

声をかけて、菊池が足を踏み出した。

表門を見やって、菊池たちが通りのなかほどに立っている。

突然、赤子の泣き声が聞こえた。

「赤ん坊が泣いている」

手島が言い、

「朝吉かもしれぬぞ」

表門のそばに行き、岡野が門扉《もんぴ》に耳を押しつける。

あわてて、菊池が声をかけた。

「何をしている。人目がある。離れろ」

門扉から離れて、不満げに応じた。

「どこに人がいる。見当たらないじゃないか」

「油断は禁物。壁に耳あり障子に目あり、だ」

言い放った菊池に、

「わかった。気をつけるよ」

舌を鳴らして、岡野が応じた。


が、人の目は、そんな岡野たちに注がれていた。

遊び人仲間ふたりを連れてやってきた啓太郎が、三人をしかと見届けていた。

不意に立ち止まった啓太郎につられて、仁助《にすけ》と政吉《まさきち》が足を止めた。

「どうした」

訊いてきた仁助に、さらに塀に躰を寄せて、啓太郎がこたえた。

「浪人が三人、屋敷の前にいる。かかわっている一件の探索で、見かけた顔だ」

「何だって」

驚いた政吉が、塀から顔をのぞかせる。

「引っ込め。見つかるぞ」

腕を引っ張って、啓太郎が政吉を引きもどした。

「啓太郎の言うとおりだ。悪かった」

ばつが悪そうに首をすくめて、政吉が頭を下げる。

菊池たちに目をもどして、啓太郎が告げた。

「奴らが、どう動くか。しばらく様子をみよう」

ふたりが黙ってうなずいた。

再び、けたたましい赤子の泣き声が響き渡る。

「朝吉の奴、間が悪いときに泣きやがって。なかに赤子がいることがばれるじゃないか」

腹立たしげにつぶやいた啓太郎が、再び菊池たちに目を走らせた。

瞬間……。

低く呻いて、動きを止める。

視線の先に、啓太郎たちとは別の道筋で帰ってくる、紀一郎と半次の姿があった。


やってくる紀一郎たちに気づいた者は、ほかにもいた。

目を凝《こ》らした菊池が、声を上げる。

「あの恰好は、与力だ」

手島が応じ、岡野も口走る。

「松浦紀一郎かな」

「顔が判別できるところに隠れよう。松浦だったら、この屋敷に入るだろう」

「急げ」

ぐるりを見渡した菊池が、場所に目当てがついたか、小走りに歩を移した。

あわてて、手島たちがつづいた。

塀の陰に消えた浪人たちを注視していた啓太郎が、声を上げる。

「紀一郎さんと半次が助太刀《すけだち》してくれる。浪人たちを捕まえよう」

通りに飛び出した啓太郎は、菊池たちが隠れた塀の陰を目指して走った。

仁助たちが追いかける。

駆け寄った啓太郎が、不意に足を止めた。

追ってきたふたりも立ち止まり、苦い笑いを浮かべる。

塀の陰は、もぬけの殻だった。

「くそっ、逃げられたか」

悔しげに、啓太郎が吐き捨てた。

七

その夜、永楽屋の一室で、上座に久次郎、斜め脇に山崎、下座に横川と菊池が座っていた。

茶屋からお松たちをつけていった顚末を、菊池から聞いて山崎がつぶやいた。

「与力の屋敷が建ちならんでいる。松浦の屋敷に斬り込むのは、命を捨てに行くようなものだ。いくつ首があっても足りぬ」

じれて、久次郎が声をかける。

「このまま何も仕掛けないで、時が過ぎるのを待つ。そんな話は聞きたくない。どうするつもりだ」

苦笑いして山崎がこたえた。

「三重は人質として使える。爺は、三重がどこにいるかわからないから、息子を永楽屋や出店に行かせたのだ。三重がどこにいるかわからない間は、荒っぽい、強引なことは仕掛けてこないだろう」

「いつまでも待つつもりはないぞ。一日も早く、先代や真吉の血筋を葬りたいのだ。残るはただひとり、朝吉だけだ。三重もろとも朝吉を消す。そうなったら、おれの血を引くふたりの息子が永楽屋と出店を継ぐことになる。妾の子で次男坊のおれが、永楽屋を牛耳ることになる。それが、おれの望みだ。果たすためには手段を選ばぬ」

熱に浮かされたような、久次郎の口ぶりだった。

目をそらして、山崎が応じた。

「前にも言ったが、御上から目をつけられて、闕所になるような動きは避けるべきだ。闕所になれば、永楽屋の財産は、出店もろとも御上に没収される。久さんはもちろんのこと、女房のお近さん、長男の伊佐吉、次男の八十吉も処断される。久さんひとりの処罰ではすまないことを、おれたちは仕掛けている。そのことを肝に銘じて、動くことだ」

「また脅すのか。そうならないようにいい知恵を絞り出してくれ、と言ってるんだ。悪いことばかり言わないでくれ」

「老婆心《ろうばしん》で言っているだけだ。ガキのころから、おれたちはみょうについていた。店からくすねて持ち出してきた久さんの銭の力と、おれの武術で逆らった奴らを蹴散らしてきた。運が良かったんだ。おれたちが相手にしてきたのは、ふたり合わせたおれたちの力と比べたら、五分か、それ以下の連中だった」

　渋面をつくって、久次郎が言った。

「今度の相手は手強い、ということも何度も聞いた。おれにとって何かよいことはないのか」

「爺と宮田、娘の三重には深いかかわりがあることがはっきりした。そのおかげで、おれたちにとって都合がいいことが、ひとつ見つかった」

　目をぎらつかせて、久次郎が身を乗り出した。

「何だ」

「爺たちも、永楽屋が闕所になるような騒ぎは起こさないはずだ。三重は形ばかりだが、いまのところ永楽屋の主同然の身だ。永楽屋が闕所になったら、三重も朝吉も、かならず処断される。うかつなことができないのは、おたがいさま、という有様になったのだ」

首をひねって、久次郎が問うた。

「おたがいさまになったら、どうだというんだ。もう少し、わかりやすく教えてくれ」

「爺たちは、北町奉行所の力を借りることができなくなったのだ。北町奉行所を動かせば、事が公《おおやけ》になる。久さんが永楽屋を乗っ取るために、兄貴の栄太郎を毒殺し、息子の真吉を辻斬りの仕業と見せかけて、おれに殺させたことが表沙汰になれば、御上も事を知ることになる」

「その話も前に聞いた。おたがいさまになったら、どうなるんだ、と訊いているんだ」

酷薄な笑みを浮かべて、山崎が告げた。

「爺たちも、永楽屋の揉め事を内々で落着するしかない立場に追い込まれたのだ。つまり、おれたちと五分の立場になったというわけだ」

視線を空に泳がせて、思考をととのえた久次郎が、大きく息を吐いた。

「そうか。五分か。なら勝ち目はあるな」

「これから持久戦になる。時をかければ、栄太郎と真吉の変死を世間は忘れてくれる。三重と朝吉のことも、忘れてしまうだろう。ただ気になるのは、爺の動きが、すこぶる早いことだ。爺の動きをどれだけ抑え込めるか。喧嘩の勝ち負けは、その一点にかかっている」

目をぎらつかせて、久次郎が訊いた。

「どうすればいいんだ」

「とりあえず三重を閉じ込めたまま、おれたちの自由になるところに置いておくことだ。爺の屋敷から聞こえてきた赤子の泣き声が朝吉のものだとしても、このままほったらかしておけばいい。爺たちに育てさせればいい」

ふてぶてしい笑いを浮かべた山崎に、

「急《せ》いては事をし損じる、という。それも悪くない手立てだな」

顔を向け、久次郎がほくそ笑んだ。


そのころ、離れの一間で、弥兵衛は宮田と対座していた。

例繰方の書庫で宮田が調べ、つくってきてくれた、闕所にかかわる事件の覚《おぼえ》に、弥兵衛は目を通している。

読み終えた弥兵衛が、顔を上げて宮田に目を向けた。

「よく調べてくれた。相変わらず手際がいいな」

「久し振りの松浦さんからの依頼。腕に縒《よ》りをかけました」

応じて、宮田がはにかんだとき、赤子の凄まじい泣き声が響いた。

驚いて、宮田が問いかける。

「紀一郎さんに赤子が生まれたのですか」

「捨て子だ。赤子に着せてあったねんねこ半纏《はんてん》の襟にはさんであった書付に、名が書いてあった。朝吉という名だ」

「朝吉ですって。偶然とはいえ、三重の子も朝吉という名です」

「かわいい赤子だ。顔を見てみるか」

「合わせてください。三重が産んだ子と同じ名、親しみが湧きます」

「朝吉は庭だ。行こう」

立ち上がった弥兵衛に、宮田がならった。


庭で千春が朝吉をあやしている。

歩み寄ってきた弥兵衛に気づいて、千春が振り向いた。

「なかなか眠ってくれません。今夜は泣いたり笑ったり、機嫌はいいみたいですけど、気まぐれで」

どこか楽しそうな千春が、宮田に気づいて頭を下げ、問いかけた。

「お客さまですか」

「在職中にわしの下で働いてくれていた同心の宮田だ。朝吉の顔を見たいというので連れてきた」

「宮田です。赤子を見せてください」

「どうぞ」

笑みを向けた千春に近寄って、朝吉の顔をのぞき込んだ宮田の顔が驚愕に歪んだ。

甲高い声を上げる。

「朝吉だ。間違いない。三重の子が、なぜここにいるんだ」

わきから弥兵衛が声をかけた。

「捨てられていたのだ。腰掛茶屋のそば、裏手近くにな」

「連れて帰ります。三重は何をしているんだ。捨てるなんて、そんなはずがない。何かの間違いだ。連れて帰ります。三重のところへ連れていきます」

わめき立てる宮田の声に怯《おび》えたのか、朝吉が蜂の巣をつついたように泣き出した。

「千春。この場を離れてあやすのだ」

「わかりました」

動揺がすぎたのか、呆《ほう》けたように立ち尽くす宮田に会釈《えしゃく》して、千春が遠ざかる。

厳しい口調で、弥兵衛が告げた。

「宮田、よく聞け。いま、はっきりわかった。三重は朝吉を捨てたのではない。わしに朝吉を託したのだ」

振り向いて、宮田が聞いてきた。目が血走っている。

「託した？　託さねばならぬ理由があるのですか」

「あるのだ。すべて秘密裡に落着させねばならぬ一件。会ったときにも話したが、表沙汰になれば、永楽屋が闕所になるかもしれぬ」

宮田を凝視して、弥兵衛がつづけた。

「これからわしが話すこと、決して口外せぬと誓えるか」

その眼光の鋭さに、宮田が息を呑んだ。

無言でうなずく。

「よく聞け。永楽屋の先代栄太郎は毒殺、真吉は辻斬りの仕業に見せかけて殺された疑いがあるのだ」

「それでは三重は」

「病ではない。閉じ込められているのだ。どこに閉じ込められているのか、まだわからぬ」

「まさか、そんなことが」

「よいか、よく聞け。朝吉は渡さぬ。渡せば朝吉の命にかかわる。どこで調べたかわからぬが、今夜、この屋敷を三人の浪人が見張っていた。屋敷に出入りしている者たちが、様子をうかがっているところを見かけている。ここは与力の屋敷が建ちならぶ一画、よほどのことがないかぎり、襲ってくる輩《やから》はいない。宮田の屋敷より安全だ」

「たしかに」

突然腰を折り、深々と頭を下げて宮田が言った。

「朝吉と三重のこと、くれぐれもよろしくお頼み申します」

「わしにできることは、すべてやる。いまは、それしか言えぬ」

告げた弥兵衛が、宮田の手をとり、強く握りしめた。

「お願いいたします。なにとぞよしなに」

宮田が弥兵衛の手を握り返す。

無言で弥兵衛も、宮田の手を握りなおした。

第七章　土仏の水遊び

一

宮田が引き揚げた後、離れの板敷で弥兵衛、紀一郎、半次に啓太郎、連れてきた遊び人仲間の仁助と政吉が車座になっている。

不忍一家の賭場がどこにあるか、いつ開帳されるか調べるように、弥兵衛から指図された啓太郎は、片っ端から遊び人仲間に聞き込みをかけた。四人目につかまえた遊び人が、不忍一家の縄張りうちで遊んでいる、昔の仲間がいる、と教えてくれた。

「いなくなって一年になるが、一緒に遊んでいた仁助と政吉が所場《ショバ》を変えて、いまは上野界隈《かいわい》で遊んでいる。山下にある〈ひさご〉という矢場に入り浸っているようだ。もっとも、おれがその噂を聞いたのは半月前だから、いまはどうなっているかわからないがな」

行ってみるしかない。そう判じた啓太郎は、山下に足を運んだ。

矢場〈ひさご〉にふたりはいた。

やってきた啓太郎を見て、仁助と政吉は驚いた。が、すぐに啓太郎を受け入れた。

打ち解けるのにときはかからなかった。

近くの一膳飯屋に連れ込み、不忍一家の賭場について聞き込みをかけた。

「やけに細かく聞きたがるが、不忍一家に何か仕掛けるつもりなのか」

訊いてきた仁助に、啓太郎がこたえた。

「遊び人の面汚しと言われるかもしれないが、北町奉行所の与力さんとつきあいができて、いかさまをやったり、やたら強面《こわもて》で、賭け金を払う段になったら、手間賃だの何だのと屁理屈をこねて、取り分を減らしたりする賭場《とば》を手入れしたい。こころあたりはないか、と持ちかけられたんだ。たちの悪い賭場には、さんざんなめにあってきた。で、手伝わせてもらう気になった」

ぽん、と拳《こぶし》で一方の掌《て》を軽く叩いて、仁助が応じた。

「その話、気にいった。不忍一家の賭場はいかさまだらけだ。いつかとっちめてやりたい、とおもっていたんだ。役に立つぜ」

わきから、政吉も声を上げる。

「おれも手伝わせてもらうぜ。善は急げと言うぜ。不忍一家の賭場では勝ったことがない」

「話はまとまった。これから付き合ってくれ。与力の旦那たちと賭場の手入れについて話し合うことになっているんだ」

「ほんものの与力の旦那と話せるのかい」

「驚いたな。楽しめるぜ」

目を輝かせた仁助と政吉が相次いで声を高めた。

合議が始まってすぐに、仁助と政吉が不忍一家の賭場について話し始めた。不忍池の近くにある、死んだ豪農の隠居が住んでいた大きめの建屋が、賭場として使われているという
「賭場は、毎日開帳されています」
と仁助がいい、政吉が、そのことばを裏付けるように無言でうなずいた。

ふたりに目を向けて、弥兵衛が訊いた。

「どうだね、おふたりさん。事のついでに手入れを手伝ってくれないか。めったにない話だとおもうがね」

「おもしろそうだな」

応じて、仁助が政吉を見た。

見つめ返して、政吉が応じる。

「やろうぜ。たまには世の中の役に立ってもいいだろう」

弥兵衛が紀一郎に目を向けた。

「おふたりさんがやる気になってくれた。手入れの段取りを決めよう。諸々考えても、あまり時はかけられない。この場で、手入れするのは明日の夜と決めて、段取っていったらどうだね」

「そうしますか」

こたえた紀一郎が、仁助と政吉を見やった。

「仁助と政吉には、手入れの手引き役をやってもらう。客として賭場に乗り込んで、場が熱して夢中になったときを見計らって、近くに潜《ひそ》んでいるおれや捕方《とりかた》たちに合図してもらいたい。直《ただ》ちに踏み込む。ふたりの賭け金の元手は、おれが出す。残ったら、ふたりでわければいい」

小遣いまで稼げるうまい話に、仁助が笑みをもらした。

「ほんとですかい」

首を突き出して、政吉が笑いかける。

「何をやればいいんで。いかさま博奕《ばくち》をやって客の金をぼったくっている不忍一家の賭場だ。ここらで、へこましてやりたんで」

やる気満々のふたりを見て、笑いを嚙み殺した半次が、横目で啓太郎を見た。

あきれ返り、名状し難い複雑極まる顔つきで、啓太郎が首をひねっている。

二

昨夜、宮田が届けてくれた、闕所《けっしょ》にかんする覚えを読み返した弥兵衛は、

(内々で落着しないかぎり、闕所を逃れる手立てはない)

と、あらためておもいしらされた。

同時に、短期間で決着しなければ闕所になるおそれが高まること、三重と朝吉の命が危なくなることも、わからされた。

まんじりともしないで思案しつづけた弥兵衛は、一か八かの策をおもいついた。

（やってみる価値はある）

弥兵衛は、腹をくくった。


翌朝、紀一郎は、啓太郎にあてがわれた部屋に泊まり込んだ仁助と政吉とともに、北町奉行所へ向かった。

弥兵衛から、

「久次郎一味の力を削《そ》ぐ。それが手入れの狙いだ。一発勝負、しくじりは許されぬ」

と厳しい口調で言い渡されている。

北町奉行所に着いた紀一郎は、表門脇の当番所に仁助と政吉を待たせて、手入れに出役する支度を始めた。仁助たちとは、昨夜のうちに打ち合わせをして、手入れの段取りを決めてある。

「まず中山殿に、出役の狙いを包み隠さず話すことだ。宮田や三重、朝吉のこともな。中山殿は必ず力になってくれる。急な出役も面倒な手続きなしで、できるように計らってくれるだろう」

屋敷を出るときに、助言してくれた弥兵衛のことばどおりに、紀一郎は動いた。

「急ぎ話したいことが」

早々と出仕してきて、年番方与力詰所に顔を出した紀一郎を、中山は別間に連れだした。口をはさむことなく紀一郎の話に耳を傾けた中山は、

「委細承知した。賭場の手入れに出役するための支度にかかれ。奉行所内の手続きは、わしが万事ととのえる」

二つ返事で、出役を許してくれた。

支度にかかった紀一郎は、同心津村礼二郎《つむられいじろう》を副長格に、同心三人、捕方十五人に紀一郎を加えた総勢二十人からなる一隊を組織した。

目立たぬように、四組にわかれて出役し、不忍一家の賭場近くに集結することになっている。


出役の仕度に紀一郎が走り回っているころ、弥兵衛は定火消屋敷の人足頭五郎蔵の居間にいた。

仕込み杖を傍《かたわ》らに置いた弥兵衛と向かい合って、五郎蔵が座っている。五郎蔵の斜め後ろに半次が控えていた。

「此度《こたび》は無理を承知で頼む。何も言わずに引き受けてくれ。母と赤子の命と後々の暮らしがかかっている。わしに免じて、引き受けてくれ」

頭を下げた弥兵衛に、五郎蔵が焦った。

「松浦さま、頭をお上げください。わかりやした。何も訊かずに引き受けましょう。なんなりと仰《おお》せつけください」

口をはさんで半次が声を上げた。

「お頭。ありがとうございます。これで朝吉がおっ母あと一緒に暮らせます」

訝《いぶか》しげに見やって、五郎蔵が訊いた。

「朝吉？　ああ、このあいだ聞いた赤ん坊のことか」

「そいつのおっ母あは見つかったが、悪い奴らに閉じ込められている。朝吉におっ母あを取り戻してやりてえんで」

「捨て子か。そうだろうな。おまえにしてみれば、身につまされる話だろうな」

独り言のような、五郎蔵のつぶやきだった。

黙り込んで、空に視線を泳がせる。

遠くを見ているような眼差しに見えた。

（五郎蔵は、定火消屋敷の表門の前に捨てられていた半次を、抱き上げたときのこ

とをおもいだしているのだ〉

　そんな気がして、弥兵衛は五郎蔵から半次に視線を流した。

　半次は食い入るように五郎蔵を見つめている。その目がこころなしか潤んでいるのを、弥兵衛はしかと見届けていた。

〈半次もまた、親代わりで育ててくれた、五郎蔵と過ごした日々を懐《なつ》かしんでいる〉

　しばしの沈黙をやぶって、五郎蔵が口を開いた。

「どんなことをやればいいのか、話していただけませんか」

　まっすぐに五郎蔵を見つめて、弥兵衛が告げた。

「両替屋の永楽屋に乗り込み、〈積年の恨みを晴らすべく、永楽屋に爆薬を仕掛けた〉と書かれた文《ふみ》が、定火消屋敷に投げ込まれた。万が一、ということもある。爆薬を探すので立ち入る、と言い立て、永楽屋に強引に踏み込んで、夜まで爆弾を探すふりをしてくれ。いま仕掛かっている一件で、どうしてもやらなければいけないことなのだ」

「明後日の明六つに、松浦さまの腰掛茶屋の前で落ち合いましょう。それまでに支度をととのえておきます。ひとつだけ、松浦さまにやっていただきたいことがあります。定火消屋敷に投げ込まれた投げ文を作って、落ち合うときに持ってきてください。文を、永楽屋の主人に突きつけなければならない事態に、立ち至るかもしれませんので」

「書付を作って、持っていく」

弥兵衛が応じた。

長細い箱をくるんだ風呂敷包みを傍らに置いて、啓太郎は茶屋の縁台に腰掛けている。

茶屋へ出かけるお松やお加代と一緒に、啓太郎は離れを後にした。

「昨日、屋敷の前で浪人たちが不審な動きをしていた。北町奉行所の前にあるので、茶屋が開いているときは襲われる心配はないが、行き帰りは襲われるおそれがある。啓太郎はお松たちを警護するのだ」

昨夜、弥兵衛から指図され、啓太郎は茶屋に詰めている。不忍一家の賭場の手入れに一役買うことになった仁助と政吉のことが気になるが、人手が足りないので仕方なかった。

周囲に視線を注ぎ、警戒の体勢を解かない啓太郎を気遣ったのか、お加代が丸盆に茶を満たした茶碗を載せて歩み寄ってきた。

　縁台に茶碗を置いて、お加代が話しかける。

「茶代はいい、とお松さんが言っていた。少し休んだら。遠目から見ても、びりびりしているのが、よくわかるよ」

「余計なお世話だ。油断大敵。後悔先に立たず、だ」

　吹き出して、お加代が軽口を叩いた。

「過ぎたるは及ばざるがごとし、ともいうよ。おたがい、ぼろが出るから、ことば遊びはここまでにしよう」

「そうだな」

　茶碗を手にとり、一口飲んで、啓太郎が舌鼓《したつづみ》をうった。

「うまい。後味がすっきりしている。肩の力が抜けるぜ」

「そうでしょう。ここは北町奉行所の前。昼間襲ってくる馬鹿はいないよ」

　苦笑いして、啓太郎が応じた。

「そのとおりだ。ひとりだけだとおもうと、ついつい力んでしまう。未熟者だな、おれは」

　いつになく神妙な様子の啓太郎に、笑いを嚙み殺してお加代が言った。

「その風呂敷包みのなかみは何なの」

「隠すこともないな。長脇差さ。昨夜、胡散臭《うさんくさ》そうな浪人たちが屋敷の様子を窺《うかが》っていた。用心のため持っていけ、と親爺さんが渡してくれたんだ」

「やっぱり、そうだったのね。もしかしたらとおもって、あたしも」

微笑んで、お加代が懐《ふところ》から、小袋をふたつ取り出した。

見やって、啓太郎が笑みを返す。

「吹針と針を入れた袋。もってきたのかい。いいこころがけだ」

顔を見合わせたお加代と啓太郎が、楽しげな笑い声を響かせた。

三

不忍一家の賭場は、おおいに賑《にぎ》わっていた。

客が、盆茣蓙《ぼんござ》を隙間なく囲んでいる。

壺振りが、賽子《さいころ》ふたつを、勢いよく壺に放り込んだ。

振り上げた壺を、叩きつけるように盆茣蓙に置く。

押しつけながら、ねじるように壺をずらした。

壺振りのはす向かいに、仁助と政吉が隣り合って座っていた。

ふたりの前には、それぞれ駒札が三枚、重ねて置いてあった。

「さあ、張った。張った」

壺振りが大声で促《うなが》す。

仁助が、口をへの字に曲げて壺を睨みつけた。

「決まった。丁だ」

駒札の一枚を前に押し出す。

政吉は、一枚の駒札に掌を押し当てて、目を閉じた。

「半」

つむったまま、駒札を前へ押した。

壺振りが、客たちを見回す。

「丁半、相駒揃いました」

客たちが、一斉に壺を注視する。

「勝負」

壺振りが壺を上げ、賽《さい》の目をあらためて吠《ほ》える。

「二、五の半」

「勝った」

声を上げて、政吉が仁助を見やる。

しょぼくれている仁助を、政吉が肘でつついて、目配せする。

ちらり、とまわりを見渡した仁助が、

「ついてねえや。気晴らしに外の空気でも吸ってくるか。よっこいしょ、と」

のっそりと立ち上がった。


外に出てきた仁助に、張り番をしていたふたりの子分の片割れが声をかける。

「帰るのかい」

「ついてねえから験《げん》直しだ。吹抜門から外へ出るぜ。すぐにもどってくるよ」

「切り出した自然のまま幹を同じ高さに切って一端を埋め、両側に立てただけの門だ。出入りは自由。気分が変わったら、もどってきてくれ」

「そのつもりさ」

子分に笑いかけ、仁助が吹抜門へ向かった。

吹抜門の出入りをのぞむことができる、向かい側にある雑木林のなか、通りに近いところに、紀一郎や捕方たちが身を低くして潜んでいる。

「仁助が出てきました」

傍らに控える津村が、紀一郎に声をかけた。

「仁助が両手を挙げ、背伸びをしたら突入するぞ」

こたえて、紀一郎が目を凝《こ》らす。


吹抜門の前で、仁助が両手を挙げて背伸びをした。


「行くぞ」

声をかけ、紀一郎が立ち上がる。

賭場へ向かって走りだした。

跳《は》ねるように立ち上がった津村たちが、紀一郎につづいた。

捕方たちの邪魔にならぬように、仁助が吹抜門の前から横へずれる。

その脇を紀一郎たちが駆け抜けていった。

次の瞬間……。

を移した。

「手入れだ」

張り番していた子分たちのわめき声が響いた。

「ざまあ見ろ。すっきりしたぜ」

にやり、とした仁助が身を隠すべく、捕方たちが潜んでいた雑木林に向かって歩を移した。


賭場のなかは、大混乱に陥《おちい》っていた。

盆茣蓙を囲んでいた客たちが右往左往している。

ふたりの張り番を、それぞれひとりずつ引き据えた紀一郎と津村が、捕方たちを従えて、賭場に入ってくる。

ぐるりを見渡して、紀一郎が呼ばわった。

「北町奉行所与力、松浦紀一郎だ。悪い噂ばかり聞こえてくる不忍一家の賭場、本日ただいまより開帳すること許さぬ。命に従い、抗《あらが》うことなく縛《ばく》につけば、御上にも慈悲はあるぞ。抗えば、斬る」

引き据えていた子分を突き飛ばした紀一郎が、よろけた子分の肩先に、峰を返した抜き打ちの一撃をくれた。

げっ、と大きな呻き声を発して、子分がその場に頽《くずお》れる。

迅速極まる紀一郎の太刀捌《さば》きにおそれをなしたか、子分たちが立ちすくむ。

奥から声がかかった。

「野郎ども、見たか、いまの早業を。逆らったら怪我するだけだ。おとなしくお縄を受けるんだ。わかったか」

「親分」

「あっしも、お縄を受けます」

相次いで子分たちが声を上げた。

奥の、金箱を置いてあるあたりから、中背だが、がっちりした体躯《たいく》の、色黒で髭の濃い、太い眉がつながっているように見える男が出てきた。

紀一郎に近寄ってくる。

大刀の刃先が届かないところで足を止め、座った。

姿勢を正して、名乗る。

「不忍の頑鉄。不忍一家を束ねる奴でございます。お縄をかけていただきやす」

頭《こうべ》を垂れ、両手首を合わせて顔の前に掲《かか》げた。

見据えて、紀一郎が告げた。

「殊勝な振る舞い。感じ入ったぞ」

振り向くことなく、ことばを重ねた。

「津村、縄を打て」

「抜かりなく」

こたえた津村が、引き据えていた子分をほうり投げた。

よろけて、子分がへたり込む。

頑鉄のそばに行った津村が、捕り縄で頑鉄の両手を縛りあげていく。

その様子を、紀一郎が凝然と見つめている。

四

翌日明六つ（午前六時）前、永楽屋の大戸が激しく叩かれた。

店の畳敷きの掃除をしていた、まだ幼さが残る、十歳になるかならぬかの丁稚《でっち》が土間に降りて、大戸につくりつけてある潜り口の前に立って訊いた。

「どちらさまですか」

大戸の向こうで男が怒鳴った。

「山崎道場の者だ。急ぎの用できた。先生に知らせたいことがある。早く開けろ」

「ただいま」

あわてて、丁稚が横猿《よこさる》をずらした。

開けようとしたとき、通り側から勢いよく戸が開けられた。

驚いて、尻餅《しりもち》をついた丁稚の目の前を、潜り口から飛び込んできた、白布で右腕を吊った獅子鼻の浪人が走りすぎて行く。

畳敷きの前に立ち、奥へ向かってわめいた。

「先生。石井《いしい》です。聞こえたら、出てきてください。一大事です。大変なことが起きました」


奥の一間で、上座に久次郎、その脇に山崎、向き合って菊池、横川、手島と岡野、石井が横ならびに座っていた。長倉は三重を見張っているため、合議には加わっていない。

不忍一家の賭場に、北町奉行所の手入れが入り、親分の不忍の頑鉄や主だった子分たちが捕縛された。そのことを今朝早く、昨夜賭場で遊んでいた錺職《かざり》が、不忍一家に知らせにきてくれた。錺職も調べられ、放免されたのは深夜九つ（午前零時）

を大きく回っていたため、知らせにくるのが遅れた、と留守を預かる兄貴分に詫びた銹職が、親分たちが捕らえられたことを伝えた。その兄貴分が、山崎道場に知らせてきたのだった。

山崎道場のほかの連中は歩くこともままならない躰《からだ》なので、足だけはふつうに動く石井が、先生に知らせにきた、と前置きし、大事の経緯《けいい》を一気に語った。

聞き終えて、山崎が念を押す。

「踏み込んできた役人は、北町奉行所与力、松浦紀一郎と名乗ったのだな」

「そうです。張り番をしていた子分を突き放し、居合抜きで打ち据え、気絶させた。目にも止まらぬ早業で、度肝を抜かれた。頑鉄親分が、自分から『お縄を受けます』と申し出て、抗うことなく捕まったのは、与力の太刀捌きの、あまりの凄まじさに、とても勝ち目はない、とおもったからでしょう、と銹職が言っていた、と聞きました」

応じた石井が、痛むのか右腕を押さえた。

いきなり久次郎が、声を荒らげた。

「話が違うじゃないか、軍十郎。おまえ、嘘をついたな。爺《じじい》たちは、闕所にならないようにことをすすめるだろう。内々で動くはずだ、と言い切ったじゃねえか。それが何だ。北町奉行所の手の者が、不忍の頑鉄一家の賭場を手入れし、頑鉄や主だった子分たちを捕まえた。北町奉行所が動いたんだ。どこが内々だ」

顔を向けて久次郎を見据え、山崎が告げた。

「おれたちがやらかした永楽屋の揉め事と、賭場が手入れされたこととは、一切かかわりがない。おれは、爺たちは闕所を避けるために永楽屋の探索を内々ですすめ、落着しようとするだろう、と言ったのだ」

「どういうことだ。わからないな」

「爺の狙いは、おれたちの力を削ぐことだ。この騒ぎで、それがはっきりした。まず、道場に乗り込んで賭け試合を申し入れ、ここにいる石井や門弟たちの骨を折り、使いものにならなくした。北町奉行所を使い、不忍一家の賭場に踏み込ませ、頑鉄以下子分のほとんどを捕らえさせた」

眼光鋭く睨《ね》めつけて、山崎がことばを重ねた。

「久さん、よく聞け。不忍一家の賭場に踏み込み、頑鉄や子分たちを捕らえて取り調べても、永楽屋の永の字も出てこないのだぞ。永楽屋が闕所になるおそれは、一切ないのだ。が、おれたちには大損害だ。いま、喧嘩場で役に立つ人数は久さんとおれ、無傷の横川たち五人を合わせて七人しかいないんだぞ」

事態に気づいて、久次郎が息を呑んだ。

苛立《いらだ》って、甲高い声で吠えた。

「金はある。金の力で、腕の立つ浪人たちを集めろ。とても勝てない、と爺たちに探索を諦《あきら》めさせるくらいの人手を集めるんだ」

「そうしよう。それはそれとして、おれにひとつ策がある」

「策が？　よい知恵が浮かんだのか。言ってくれ」

「茶屋の女ふたりを人質にとる。人質にとって、爺たちの動きを封じるのだ」

「そりゃあ、いい。動きを封じている間に三重と朝吉を殺し、爺たちもひとりずつ始末していこう」

「爺はともかく、息子の与力のほうはうかつに手を出せない。与力を殺せば、必ず北町奉行所が意地になる。そのあたりのところは、じっくり考えよう」

「わかった。軍十郎にまかせる」

「まかせた以上、文句を言わない、口出しはしない、と約束してくれ。何か起きるたびにわめかれたら、苛立って、よい策も浮かばなくなる」

睨みつけた山崎の視線をそらして、久次郎がこたえた。

「約束する。すぐ動いてくれ」

「五百両用意してくれ」

「五百両だと。そんな大金、何に使うのだ」

「江戸中の手練《てだ》れの浪人たちを集めるための金だ。急場をしのぐために集めるんだ。見せ金がいる。すぐ用意してくれ。用意でき次第、横川たちを動かす。今日、茶屋の女たちを拐《かどわ》かし、人質にする。何度も言うが、爺たちの動きは速い。おれたちは、それ以上の速さで動かなければならない。でないと、喧嘩に勝てない」

目をぎらつかせて、久次郎がわめいた。

「わかった。金はすぐ用意する。軍十郎、頼むぞ」

「やるだけ、やってみる」

闘志を漲らせて、山崎が大きく顎を引いた。

五

風呂敷包みふたつを持ったお松と長脇差を入れていた箱をくるんだ長細い風呂敷包みを抱えたお加代、腰に長脇差を帯びた啓太郎が、帰途についている。

あたりは、夜の帳《とばり》に覆われていた。

楓川《もみじ》に架かる新場《しんば》橋を渡り右へ折れたところで、先頭に立って歩を運んでいる啓太郎に、お加代が話しかけた。

「襲ってくるとしたら、この先あたりかな」

「細川《ほそかわ》家と松平《まつだいら》家の上屋敷の間に、新銀町《しんしろがねちょう》代地など町家が建ちならぶ一画がある。町地に入って、ひとつめの三叉を左へ折れると、右手に稲荷の社が建っている。そこを足場にして、待ち伏せするという手はあるな」

応じた啓太郎にお加代が、

「なら、吹針の筒と針を袋から取り出して、用意しておいたほうがいいね。これを持ってくれる」

風呂敷包みを、啓太郎に向かって差し出す。

「ほんとのところは、重くて持つのが厭《いや》になったんじゃないか」

町地にさしかかったあたりで、軽口を叩きながら、風呂敷包みを受け取った啓太郎が、声を高めた。

「出てきたぞ。川を背にして、お松さんをかばって身構えてくれ」

横道から出てきた数人の浪人が、行く手を塞《ふさ》いだ。なかに横川の姿がある。

針の束を左手に、右手に吹針の筒を持ったお加代が声をかけた。

「お松さん、川端に行って」

「わかったよ」

焦った様子で、お松が川辺に身を移す。

持っていた風呂敷包みを投げ捨て、啓太郎が長脇差を抜いた。

「後ろも塞がれた。いつも通っている道筋。待ち伏せしていたな」

いつ出てきたのか、後ろにも浪人数人が立っていた。菊池の顔も見える。

横川が大刀を抜く。

それが合図だったのか、浪人たちが一斉に刀を抜き連れた。

八双《はっそう》に構えて、横川が告げる。

「怪我をしたくなかったら、女たちを渡せ。渡さなければ斬る」

一歩、横川が間合いを詰める。浪人たちも動き、啓太郎たちを扇形に取り囲んだ。

正眼に構えて、啓太郎が言い切る。

「命のある限り、ふたりには指一本触れさせねえ」

鷲鼻《わしばな》をひくひくさせ、残忍な笑みを浮かべて横川が吐き捨てた。

「腕でもらう。かかれ」

その声に、浪人たちが包囲の輪を縮める。

真っ先に斬りかかった浪人が、突然呻いてのけぞった。その目に針が突き立っている。

「吹針だ」

「小娘だ。小娘め、吹針を使うぞ」

浪人たちが浮き足立ち、ざわめいた。

後方にいた浪人が怒鳴る。

「町奉行所の与力だ。橋を渡って、こっちにくるぞ」

浪人たちが、一斉に新場橋のほうを振り向く。

抜刀した紀一郎を先頭に匕首《あいくち》を手にした半次、少し遅れて仕込み杖を抜き放った弥兵衛が駆け寄ってくる。

頭格とおもわれる浪人が、横川に嚙みつく。

「話が違う。町奉行所はからんでこない、と言ったから引き受けたんだ。おもしろおかしく暮らすのが、おれたちの生き方だ。捕まったら、何もできない。もらった金は騙《だま》され賃だ。返さないぜ」

「何だと」

気色ばんだ横川を横目に見て、頭格が呼ばわる。

「引き揚げろ。ばらけて逃げるんだ」

その声に、浪人たちが一斉に逃げ出す。

残された横川と菊池が、顔を見合わせる。

うなずき合ったふたりが、抜身《ぬきみ》を手にしたまま脱兎のごとく走り出した。


駆け寄った紀一郎と半次に、啓太郎が声をかける。

「陰ながら警護していてくれたんですね。助かりました」

「間に合ってよかった」

笑みをたたえて、紀一郎が大刀を鞘《さや》に納めた。半次も匕首を鞘に入れる。

遅れて着いた弥兵衛が、息を弾ませながら、言った。

「年をとると、長く走ると辛い。無傷でよかった」

杖に擬した鞘に、ゆっくりと刀身を差し入れた。


永楽屋に逃げ帰った横川と菊池は、奥の一間にいた。

上座にある久次郎と斜め脇に座る山崎の前で、青菜に塩の体《てい》でうつむいている。

不機嫌そうに久次郎が吐き捨てた。

「金をどぶに捨てたようなもんだ。大損したな」

「しくじった。寄せ集めの浪人たちでは、ものの役に立たぬことをおもいしらされた。使った金は二十両ほどだ。無駄金を使った。謝る」

「すんだことは仕方がない。次の手を考えてくれ」

「明日にでも、三重を根岸の寮に移そう。息の根を止めるにしても、寮のほうがやりやすい。駕籠《かご》の手配をしてもいいか」

「まかせる。約束したんだ。文句はいわない。いままでも、ふたりで相談しながら、いろんな奴と喧嘩をしてきた。負けたことはない。やり方を変える気はない」

「行き着くところまで、とことん付き合うしかないか」

「お互いにな」

　見合ったふたりが、ふてぶてしい笑みを浮かべた。

六

　夜泣きした朝吉を、ねんねこ半纏《はんてん》でくるんで抱いた弥兵衛が、あやしながら歩いている。

さっきまでぐずっていた朝吉が、ご機嫌がいいのか、弥兵衛に笑いかけた。

笑みを返した弥兵衛が、朝吉にささやいた。

「朝吉、近いうちに母御に会わせてやるからな。約束する。命をかけてもいい。もうじきだ」

通じたのか、朝吉が手足を動かし、声を上げて笑った。

「そうか、朝吉、嬉しいか。よい子だ。ばぶばぶ」

頬ずりして、弥兵衛が満面を笑み崩した。


翌日明六つ（午前六時）、仕込み杖を手にした弥兵衛と半次は、腰掛茶屋の前で、定火消二十人を引き連れた五郎蔵と落ち合った。

「投げ文をつくってきた。受け取ってくれ」

懐から四つ折りにした書付を取り出して、五郎蔵に渡す。

受け取った五郎蔵が、開いて文面をあらためた。

「これで、投げ文を見せてくれ、と言われても、あわてずにすみます。行きますか」

「わしたちが一緒に行くのは、永楽屋の近くまでだ。人の出入りがわかる場所を見つけて張り込む。だから、わしたちがいなくなっても気にしないでくれ。永楽屋の探索は、夕七つまでつづけてくれ」

「わかりました。永楽屋の場所は知っています。私らの後ろから、ついてきてください」

「そうさせてもらう。無駄な動きになるが、よろしく頼む」

「承知の上でさ」

こたえた五郎蔵が、定火消たちに声をかける。

「行くぞ」

歩き出した五郎蔵に、定火消たちがつづいた。


永楽屋の人の出入りを見張ることができる通り抜けに、弥兵衛と半次は身を潜めている。

永楽屋に目を注いでいる半次が、弥兵衛に話しかけた。

「どこに身を隠しているかわかりませんが、紀一郎さんと啓太郎は、近くで裏口を見張っているんでしょうね」

町家の外壁に背中をもたれた弥兵衛が、半次の後ろに立っている。

「わしたちより早く出たのだ。どこかにいるだろう」

「紀一郎さん、今日は羽織を羽織ってなかったですね。どこかの藩の勤番侍みたいに見えます」

「うまく運べば、今日、此度の一件を落着できる。世間に知られたくない事件だ。紀一郎なりに変装したんだろう」

「お頭の芝居のでき次第ですね。お頭が耳打ちしてくれたんですが、火消したちは、投げ文があったと信じているようです。そうしておかないと、真剣に探索しないからな、と言っていました」

「まさしく、敵を欺《あざむ》くにはまず味方から、を地で行く事態だな。五郎蔵が、わしに肩入れしてくれている証だ。ありがたい」

「親爺さんのいまのことば。聞いたらお頭は、おもっていたとおり腹を割って付き合えるお人だった、今時、めったに巡り会えぬ相手だ、と涙を流さんばかりにして喜びますよ。あっしも嬉しい」

「わしも嬉しい。人として、心底付き合える相手と出会う。それは、富籤《とみくじ》の一番籤を引き当てるのと同じくらいまれなことだ。この世では、めったにないことなのだ」

おのれに語りかけているような、弥兵衛の口ぶりだった。

半次が声を上げる。

「お頭が永楽屋に入っていきました」

「入ったか。舞台の幕が開いたな」

背伸びした弥兵衛が、半次の肩越しに永楽屋を見つめた。


永楽屋の主人控の間に、久次郎があたふたと入ってきた。

壁に背をもたれかけて座り、思案にふけっていた山崎が目を向ける。

「どうした」

「定火消の頭、五郎蔵と名乗る男が火消人足を二十人ほどを引き連れてやってきて、永楽屋に火薬を仕掛けた、と投げ文があった。嘘か実《まこと》かわからないが、万が一、爆発したら、江戸が火の海になりかねない。探索させてもらうと言い張って動かない。困ったものだ」

「投げ文をあらためたか」

「向こうから突きつけられた」

「探索させるしかないな」

「そうするしかない。軍十郎。おれが屁理屈をこねて話を引き延ばしている間に、三重を寮へ連れて行ってくれ」

「駕籠は待たせてある。すぐ動く」

懐から銭入れを取り出し、久次郎が差し出した。

「三十両、入っている。この金で寮番をやらせている爺さんを追い出してくれ。寮を建て直すことになった、急で悪いがこの金を元手に、行く末のことを考えてくれとか適当なことを言ってな。十両も渡せば、恩の字だろう。三重を閉じ込めるにも、金がいる。残りは、そのために使ってくれ」

受け取った銭入れを懐に押し込んで、山崎が応じた。

「くれぐれも用心してくれ。爺が仕掛けた罠かもしれぬ」

「火消人足を大勢引き連れてきている。そんなことはあるまい」

「ならいいが。用心するにこしたことはない」

苦笑いして、久次郎が言った。

「老婆心か。気をつけるよ。ころ合いを見て、後からおれも寮へ向かう」

「用心棒として横川を残しておく。出かける」

脇に置いた大刀を手にとり、山崎が立ち上がった。

永楽屋の大戸がおろされた。
潜り口から出てきた手代が、
〈本日休業　店主〉
と書かれた紙を大戸に貼りだし、なかへ入って行く。

通り抜けから見つめていた弥兵衛が、声をかける。

「探索芝居の幕が開いたな。永楽屋の裏口が面した横道の、向こう側の出口を紀一郎たちが見張っているはずだ。張り込んでいるかどうか、あらためてきてくれ」

「わかりやした」

会釈した半次が、通りへ向かって足を踏み出した。


左右に田畑が広がる道を、一挺の宝泉寺駕籠がすすんでいる。駕籠の両脇を山崎と長倉が、前後を菊池と岡野が警護していた。

かなりの隔たりを置いて、紀一郎と長脇差を帯びた啓太郎がつけていく。

歩をすすめながら啓太郎が、話しかけた。

「親爺さんから、永楽屋の根岸の寮へ向かう道筋を聞いてます。あいつらの行く先は永楽屋の寮です。間違いありません」

「そうか。なら無理して近づく必要はない。歩調を変えながら、つかず離れずの隔たりでつけていこう」

宝泉寺駕籠の一行に目を注ぎながら、紀一郎がこたえた。


永楽屋の前に、宝泉寺駕籠が置かれた。

潜り口の戸を叩いて、駕籠舁きが声をかけている。

ほどなくして潜り口から鷲鼻の浪人、横川が出てきた。つづけて久次郎が現れ、駕籠に乗り込んだ。

駕籠の脇に横川が付き添う。


「つけるぞ」

声をかけて、弥兵衛が通りへ歩み出た。つづいて半次も足を踏み出した。

田畑の広がる道を、横川が付き添う宝泉寺駕籠がすすんでいく。

見え隠れに弥兵衛と半次がつけていく。

背伸びした弥兵衛が、目を細めて見つめた。

「宝泉寺駕籠がもどってくる。おそらく三重を乗せていった駕籠だろう。隔たりを詰めよう。五郎蔵だけに一芝居させるわけにはいかぬ。わしらも一芝居打とう」

「腕によりをかけて、つとめますぜ」

やる気満々で、半次が腕まくりをした。

もどってきた宝泉寺駕籠の駕籠舁きたちが、行き交う宝泉寺駕籠の駕籠舁きたちに会釈した。

寮に向かっている駕籠舁きたちも会釈を返す。

もどっていく宝泉寺駕籠と弥兵衛たちがすれ違う。

「芝居の幕が開くぞ。わしたちの役回り、出たとこ勝負でむずかしいぞ」

「親爺さんに合わせます」

声をかけた弥兵衛に半次が応じる。

「急ぐぞ」

足を速めた弥兵衛を半次が追っていく。

駆け寄る足音に気づいて、横川が振り向いた。

「お節介爺め、また現れたか」

振り向いて、大刀の鯉口《こいぐち》を切る。

殺気を漲《みなぎ》らせた、ただならぬ横川の様子に、腰が抜けたか、棒を肩に担いだまま後棒の駕籠舁きが座り込んだ。

担ぎ棒の先端が地面に突きあたる。同時に先棒ごと先端が持ち上がった。悲鳴を上げて、先棒が棒から手を離す。さらに先端が持ち上がった勢いで後棒が横転し、駕籠も横倒しになった。

「何だ、どうした」

駕籠のなかから久次郎の叫び声がする。

仕込み杖を小脇に抱え込んで、弥兵衛が駆け寄った。

「死ね」

抜き放った大刀を大上段に振りかぶった横川が、弥兵衛めがけて振り下ろす。行き交う手前で横に跳んだ弥兵衛が居合抜きの一撃を、横川の腹に叩きつけた。

断末魔の絶叫を発し、血飛沫《ちしぶき》を上げて横川が転倒した。

起こされた駕籠から久次郎が、

「こんな駕籠、二度と乗るか、馬鹿野郎」

と口汚くののしりながら顔を出した途端、大きく目を見開く。

眼前に仕込み杖が突きつけられている。

「てめえは」

吠えた久次郎を見据えて、弥兵衛が告げる。

「親の敵討《かたき》ちを、朝吉から頼まれた。助太刀する」

「ふざけるな。朝吉はまだ赤ん坊だぞ。片言もしゃべれない」

「こころで話しかけてきたのだ。父御《ててご》と爺さまの無念を晴らしてくれとな。出ろ。寮で敵討ちをしたいお内儀が待っている。それとも、この場で助太刀の手にかかって死にたいか」

「わかった。出る。ここでは、死にたくない」

這い出た久次郎を見た半次が、眼前でへたりこんでいる駕籠舁きふたりを、薄ら笑いを浮かべて見据えた。

「聞いてのとおりの、仇討ちだ。宝泉寺駕籠を担いで引き揚げてくれ。ここで見たことは見猿、聞か猿、言わ猿の三猿を決め込むことだ。でないと後の祟《たた》りが怖いぜ」

さらに凄んで睨みつける。

ひっ、と怯《おび》えて、駕籠舁きふたりが抱き合った。

背中にぴたりと寄り添った半次に、匕首を突きつけられた久次郎が、寮の檜皮葺《ひわだぶき》門の門前で怒鳴った。半次の後ろに、弥兵衛が立っている。

「おれだ。開けろ」

なかから両開きの扉の一方が開かれた。その向こうに山崎が立っている。

「遅かったな」

声をかけた山崎の顔が、驚愕に歪んだ。

半次の背後から、弥兵衛が姿を現した。

「まず三重と久次郎を交換したい。その上で、申し入れたいことがある」

「交換はする。申し入れたいこととは何だ」

「朝吉から頼まれて助太刀を引き受けた。朝吉は父御と爺さまの敵討ちをしたいそうだ。ものは言わぬが、目で語りかけ、夢に出て、訴えた。敵を打ってくれとな」

睨めつけて、山崎がこたえた。

「敵討ちか。敵と呼ばれても仕方がないな。永楽屋の先代を毒殺し、真吉を辻斬りにみせかけて殺したのはおれたちだ。ついでに言っておくが、辻斬りをやったのはおれだよ」

突然、久次郎が声を上げた。

「軍十郎。つまらないことばかり言っていないで、おれと三重を早く交換しろ」

「人質の交換は、庭でやる。もう少しの辛抱だ。おとなしく待っていろ」

「わかった」

不満そうに応じた久次郎から弥兵衛に視線を移し、山崎が告げた。

「敵討ち、受けて立とう」

そのとき、門の近くに立つ大木の後ろから、ふたつの黒い影が飛び出した。

駆け寄って、弥兵衛たちの左右に立つ。

影と見えたのは、紀一郎と啓太郎だった。

さすがに江戸指折りの両替屋の寮だった。手入れの行き届いた庭の一画、広場になったところで弥兵衛、隣り合って久次郎に匕首を突きつけた半次、左右に紀一郎と啓太郎が立っている。向かい合って、三重の腕をつかんだ山崎、左右を固める菊池、岡野、長倉、手島らがならんでいた。

髪がほつれ、頬が落ちくぼんで、やつれきった三重は、弥兵衛が知っていた三重とは別人のように見えた。

(無理もない。我が子の命を守るために捨てる決意を固めて決行し、その後は、いつ殺されるかわからぬ有様で、怯えつづけていたのだ)

胸中で弥兵衛はつぶやいていた。

目をぎらつかせて、山崎が告げた。

「おれが三重を離したら、久次郎を解き放て」

「承知した」

弥兵衛が応じる。

「離すぞ」

声を上げ、山崎が三重の手を離す。

「解き放て」

下知した弥兵衛に呼応して、半次が左手で久次郎を突き飛ばす。

たたらを踏んだ久次郎が、いきなり走り出し、歩いてくる三重に飛びかかった。

腕を取り、ねじりあげて怒鳴った。

「軍十郎、門弟衆、今だ。こいつらを斬り捨てろ。ひとり斬ったら二十両やる」

大刀を抜き連れた菊池たちが、弥兵衛たちに斬りかかる。

大刀と長脇差を抜き放った紀一郎と啓太郎、匕首を構えた半次が迎え撃つ。

仕込み杖を小脇に抱え、居合抜きの体勢をとった弥兵衛は、一気に久次郎に走り寄った。

その足が止まる。

驚愕に、弥兵衛は瞠目した。

視線の先に、久次郎の背中に大刀を突き立てている、山崎の姿があった。

「軍十郎。なぜだ。なぜおれを。おれは貴様の金主《きんしゅ》、金のなる木だぞ」

せせら笑って、山崎が応じた。

「これまでだ。これ以上、魂を売りたくない。金のために付き合ってきた。しょっちゅう約束を破られた。こう見えても、貧乏でも、おれは御家人の次男坊だ。武士の矜持は、まだ持ち合わせている。おれは約束した。三重と久さんを交換する。そう約束したんだ」

「青二才みたいなことを言いやがって。この世は金だ。金がすべてだ。貴様の代わりはどこにでもいる。金を積めば、すぐ見つかる」

「そのことばを聞いて、踏ん切れた。金の亡者め。死ね」

背中から引き抜いた大刀で、三重をつかんでいた久次郎の手を斬り落とす。

悲鳴をあげた久次郎が、腕を押さえてのけぞった。

三重の腕をつかんでいた久次郎の手が、力尽きて地面に落ちる。

「行け」

弥兵衛に向かって三重を突き飛ばした山崎が、振り向きざまに一飛びし、泣きわめきながら逃げる久次郎の背中に、上段からの一太刀を浴びせた。

断末魔の絶叫を発して、久次郎が顔から前のめりに崩れ落ちる。

駆け寄り、三重を抱きとめた弥兵衛が、紀一郎たちを振り返った。

その目に、手島と菊池を早業で左右に薙《な》いで斬り倒した紀一郎と、長脇差を一閃《いっせん》して岡野を袈裟懸けに仕留めた啓太郎、躰を密着させて長倉の胸に匕首を突き立てた半次の姿が飛び込んできた。

門弟たちを倒し、駆け寄ってきた紀一郎たちに、弥兵衛が告げる。

「三重を頼む」

大刀を右手に下げ、襲ってくる気配をみせない山崎に、弥兵衛が問いかける。

「なぜだ」

じっと弥兵衛を見つめて、山崎がこたえた。

「勝負したい。おれは、一流の剣客《けんかく》になることを、それだけを夢みて、生きてきた」

見つめ返して、弥兵衛がこたえた。

「よかろう。勝負だ」

振り向いて、紀一郎たちに告げた。

「手出しはならぬ。よいな」

唇を真一文字に結んで、紀一郎たちが大きくうなずく。三重は、胸の前で両手を合わせ、うつむいた。

向き直って対峙した弥兵衛を見据えて、山崎が吠えた。

「初めて血潮がたぎり立つ相手に出くわした。この醍醐味《だいごみ》こそ、おれが求めつづけてきたものだ。血の滲む修行をつづけてきた。しょせん喧嘩屋で終わるのか、と諦めていたが、やっと出会えた。たとえ果ててもいい。おれは、剣客として死ねる」

じりりっ、と一歩間合いを詰める。

弥兵衛は身動きひとつしない。

裂帛《れっぱく》の気合いを発して、山崎が上段から斬りかかる。

膝をかがめ、身を低くして、半歩左手へずれながら突っ込んだ弥兵衛が、仕込み杖を引き抜き、すれ違いざまに山崎の左脇腹から右腋へと突き入れた。その瞬間、弥兵衛は仕込み杖から手を離していた。

横転しつづけ、大刀の刃先の届かぬあたりで跳ね起きる。

「見事だ。負、け、た」

突き刺さった仕込み杖に、山崎が大刀を叩きつけた。目釘穴近くで折れた柄《つか》が地面に落ちて転がる。

笑みを浮かべて、山崎が崩れ落ちた。

大刀を握りしめたまま、薄ら笑いを浮かべて息絶えた山崎を、弥兵衛が身じろぎもせず見つめている。

七

骸《むくろ》を残したまま、寮から引き揚げてきた弥兵衛は、屋敷の近くで紀一郎、啓太郎、半次と別れ、その足で三重を宮田の屋敷へ連れて行った。

無事もどってきた三重を見て、宮田と良乃は、涙を流して喜んだ。

その夜、三重と、何をやるべきか、話し合った。

結果、永楽屋の商いをうまくすすめていくために第一にやるべきことは、出店へ移された奉公人を永楽屋にもどし、同時に久次郎が連れてきた奉公人を出店にもどすことだと、ふたりの意見が一致した。

厳しいあきないの話である。朝吉の世話をしながら、歩きまわるわけにはいかない。そのことは、三重にもわかっていた。

「永楽屋の仕事に慣れている番頭たちを連れもどすまで、わたしは、朝吉の面倒はみられません。もう少し朝吉の面倒をみていただけませんか。あたしが茶屋のそばに朝吉を捨てたのは、松浦さまなら、きっと朝吉を守ってくださる、と考えたからです。わたしのおもったとおりでした。松浦さまのおかげで、朝吉もわたしも、命を長らえています」

そう言って、三重は深々と頭を下げた。

いったん屋敷にもどった弥兵衛は、紀一郎と久次郎や山崎たちの骸の始末について、話し合った。

「半次から聞きましたが、久次郎が乗った宝泉寺駕籠の駕籠舁きふたりが、父上と付き添っていた浪人が斬り合うのを見ています。敵討ちだという話も聞いています。姑息《こそく》な手立てですが、公の許しを得ていない敵討ちを仕掛けた者たちが、山崎や久次郎と斬り合い、討ち果たした。そのことを北町奉行所に投げ文し、私が投げ文に気づいて拾ったという筋書きで、事をすすめたらどうでしょうか」

首を傾げて、弥兵衛が応じた。

「ほかに手立てはなさそうだ。そうするか。投げ文を書こう」

「父上が書いたら、文の手ですぐ父上だとわかります。例繰方の書庫に残されている捕物控や覚書に父上の手が多数残っています。啓太郎に書いてもらいましょう」

「そうするしかなさそうだな。啓太郎に頼もう」

「北町では、その処置に異論を唱《とな》える者はいないでしょう。万が一、南町奉行所に不審を抱く者がいて、久次郎や山崎について調べても、出てくるのは久次郎たちの悪行《あくぎょう》ばかり。討たれても仕方がない者たち、と結論づけるはずです」

「そうだろうな。すまぬが、投げ文のことは、啓太郎と話し合ってすすめてくれ」

「承知しました」

「ところで、朝吉はどうしている」

「千春の部屋で寝ています。明日にでも、母のもとにもどすことになる、と伝えたら、いなくなったら寂しくなりますね、とうつむいておりました」

「わしも寂しくなる。ちょくちょく永楽屋に出かけて、子守でもするか」

しみじみとつぶやいて、しょんぼりと肩を落とした。


翌日、弥兵衛は三重とふたりで、出店へ出かけた。話はとんとん拍子ですすみ、今日は半数、明日は残る半数が永楽屋にもどってくることになった。

意外だったのは、弥兵衛たちの申し入れを一番喜んだのは、久次郎の女房のお近と二十歳になる伊佐吉、二つ違いの弟八十吉だった。

もどってくる番頭たちとともに永楽屋へもどった三重を、奉公人たちは丁重に迎え入れた。三重の口から、出店の奉公人は今日半数、明日は残る半数、出店にもどるようにと告げられた奉公人たちは安堵して顔を見合わせた。


それから三日後、〈一刻（二時間）ほど店を休ませていただきます〉と記した紙を店先に貼り出して、茶屋で朝吉の送別の会が開かれていた。

縁台に朝吉を抱いた三重、宮田と妻が座り、そのまわりに半次と啓太郎、お松、お加代が立っている。紀一郎は、何かと多忙で、と理由をつけて、参加していない。

お椀を八杯載せた角盆を抱えて、弥兵衛が店から出てくる。

縁台に歩み寄って、弥兵衛が声をかけた。

「朝吉が飲んでいた、女の乳代わりの汁、味わってくださいな」

相次いで声を上げたお加代、啓太郎、半次がお椀を手にとる。

弥兵衛が角盆を抱えて、三重たちの間を歩いてまわった。

みんながお椀を持っているのを見届けた弥兵衛が、縁台に置いた角盆から残った一杯を手にして掲げた。

「朝吉が、三重のもとにもどったのを祝って」

弥兵衛が一口飲んだ。

つられたように一同が飲む。あちこちから、

「まずい」

と声が上がり、啓太郎と半次が、お加代までも顔をしかめた。

その声に驚いたのか、突然、朝吉が泣き出す。

焦って弥兵衛たちが、おろおろと朝吉のまわりを歩き回る。

そんな喧噪《けんそう》ぶりとは裏腹に、その場はたおやかな日差しに包まれていた。

本書は書き下ろしです。

実業之日本社文庫　よ5 11

北《きた》町《まち》奉行所《ぶぎょうしょ》前《まえ》腰《こし》掛《か》け茶屋《ちゃや》　迷《まよ》い恋《ごい》

2022年12月15日　初版第1刷発行

著　者　吉田《よしだ》雄亮《ゆうすけ》

発行者　岩野裕一
発行所　株式会社実業之日本社
〒107-0062　東京都港区南青山 5-4-30
emergence aoyama complex 3F
電話 [編集]03(6809)0473 [販売]03(6809)0495
ホームページ https://www.j-n.co.jp/
ＤＴＰ　ラッシュ
印刷所　大日本印刷株式会社
製本所　大日本印刷株式会社

フォーマットデザイン　鈴木正道 (Suzuki Design)

ISBN978-4-408-55780-9（第二文芸）